아빠는 전쟁 중

아빠는 전쟁 중

서해문집 청소년문학 024

초판 1쇄 인쇄 2023년 4월 20일
초판 1쇄 발행 2023년 4월 30일

지은이   한정영
펴낸이   이영선
책임편집   김종훈

편집   이일규 김선정 김문정 김종훈 이민재 김영아 이현정 차소영
디자인   김회량 위수연
독자본부 김일신 정혜영 김연수 김민수 박정래 손미경 김동욱

펴낸곳 서해문집 | 출판등록 1989년 3월 16일(제406-2005-000047호)
주소 경기도 파주시 광인사길 217(파주출판도시)
전화 (031)955-7470 | 팩스 (031)955-7469
홈페이지 www.booksea.co.kr | 이메일 shmj21@hanmail.net

ⓒ 한정영, 2023
ISBN 979-11-92988-11-5 43810

서해문집
청소년문학
024

아빠는 전쟁 중

한정영 장편소설

서해문집

차례

학교 가는 길

앞머리를 최대한 바짝 세웠다. 그런다고 겨우 1센티미터 남짓한 박박머리가 어딜 가겠냐 싶었지만, 나는 공을 들여 짧은 머리카락을 매만졌다. 연거푸 빗질하고 침 바르기를 예닐곱 번 반복하자, 그나마 날카로운 모양이 되었다. 눈가에 힘을 주자 살짝 사나워 보였다. 비로소 나는 만족했고, 거울 앞에서 한 걸음 물러났다.

훗!

나는 거울을 쳐다보며 엄지손가락을 들어 보였다. 왼쪽 가슴 위쪽에 노란색 배지가 잘 달려 있는지도 확인했다. 총과 칼이 X자 모양으로 얽힌 배지였다. 내게는 수호신 같은 것이기도 했다. 오늘따라 유독 금빛으로 반짝이는 것 같아서 나는 기분이 좋았다.

마침내 나는 거울 옆, 웃통을 까고 잔뜩 인상을 쓰고 있는 이소룡의 포스터를 향해서도 미소를 날렸다.

교모는 가방 한가운데 쑤셔 넣고, 마루로 나왔다. 늘 그렇듯 마루 끝에 두 개의 보온 도시락이 놓여 있었다. 크기는 같았지만, 색깔이 달랐다. 파란색은 내 것, 빨간색은 누나 것이었다. 나는 재빨리 신발 먼저 신고 누나의 도시락을 열어 반찬통을 살폈다. 분홍빛 소시지 반, 콩장 반이었다.

내 반찬통도 열어 보니, 누나 것과 같았다. 나는 얼른 누나 반찬통의 분홍 소시지를 모두 내 것에 담고 콩장은 누나 반찬통에 쓸어 넣었다. 그러느라 손에 시커먼 콩장 물이 묻었지만, 얼른 입으로 쪽 빨아 먹었다.

그러나 도시락을 채 정리도 하기 전에 누나가 방에서 나왔다.

"야! 너 뭐 해? 또 반찬통 바꿨지?"

"아니야! 난 몰라!"

나는 내 도시락을 품에 안고 재빨리 마당을 가로질렀다. 얼핏 돌아보니 누나가 채 닫지 못한 도시락을 열어 반찬통을 확인하고 있었다. 그러더니 소리를 질렀다.

"야! 이 베트콩 같은 새끼야! 거기 안 서?"

그러거나 말거나 나는 무작정 골목길 아래로 뛰었다. 분을 못 이겨 두 주먹을 불끈 쥐고 악을 쓰는 누나의 모습이 눈앞에 훤히 그려졌다. 지금은 달아난다 해도 저녁때 집으로 돌아오면, 누나는 내 온몸을 꼬집어 대고, 엉덩이에 발길질해 댈 게 뻔했다. 엊그제처럼 주판알로 머리를 긁어 댈지도 모르지. 주판알 하나하나가 머리통을 훑어 내리면 발끝까지 전기가 오듯 찌릿할 텐데.

헉!

그런 생각을 하니 벌써 머리통에 불이 나고 눈물이 찔끔 나올 것 같았다.

그 때문에 잠깐이지만, 바꿔치기한 누나의 반찬통을 돌려줄까, 하는 생각이 들었다. 하지만 나는 얼른 고개를 저었다. 분홍 소시지랑 콩장을 바꾼다고? 오늘의 분홍 소시지는 전쟁터에 나가는 병사의 실탄이나 다름없는데!

'오늘은 누나가 콩 먹어. 콩 먹으면 키 큰대. 누나도 키 커야지!'

나는 기도라도 하듯 입속으로 중얼거렸다. 그러고는 도시락 가방을 실탄 띠처럼 어깨에 둘렀다. 그런 다음, 가방을 양손으로 감싸 안고, 마치 적진을 향해 돌격하는 군인처럼, 언덕길 아래로 달렸다.

그러나 눈길이었다. 지난밤에 싸락눈만 내린 게 아닌 모양이었다. 길바닥이며 담장과 지붕에도 새하얀 눈이 덮여 있었다. 어제가 경칩이었는데, 쌓인 양이 제법 많았다. 라디오에서 꽃샘추위 어떻고 하더니…. 나는 투덜거리면서 고작 예닐곱 걸음 만에 속도를 늦추었다. 길가 쪽으로 연탄재가 뿌려져 있었지만, 맨땅을 달리듯 할 수는 없었다. 다리에 힘을 잔뜩 준 채 허리를 반쯤 숙이고 걸었다. 그런데도 첫 번째 골목 사거리까지 내려가는 동안 서너 번이나 비틀거렸다. 아니, 그즈음에서는 한쪽 벽을 붙잡고 잠시 멈추어야 했다.

그때, 그 벽 뒤편에서 시커먼 그림자가 툭 튀어나왔다.

"야, 너 오줌 싸는 거야? 우리 형이 진짜 혹 자른댔어."

철민이었다. 녀석은 벽을 가리키며 말했다. 하필이면 빨간색으로 '소변 금지'라는 글씨가 벽에 큼지막하게 쓰여 있었다. 그 아래는 가위가 그려져 있어서 공연히 사타구니에 손이 갔다. 그런데다가 철민이가 나를 향해 검지와 중지를 펴서 가위질 흉내를 냈다.

'저게 미쳤나? 오늘 같은 날 재수 없게…!'

녀석의 손가락을 확 꺾어 버리고 싶었지만, 참아야 했다. 철민이는 콩 한 쪽도 나누어 먹던 사이에서, 지금은 콩 반쪽에도 마음을 돌릴 수 있는 녀석이 되어 버렸기 때문이다. 적어도 오늘은 단 한 명이라도 아쉬웠다.

'성질대로 해서는 안 돼!'

나는 나를 타일렀다. 그리고 말했다.

"오줌 싸는 거 아니고…. 너, 내가 말한 거 어떻게 됐어? 승민이가 나 찍겠대?"

"이야기는 했어."

"그게 다야? 쫀드기는 내가 준 거라고 말했고?"

"응!"

철민이는 시큰둥했다. 온몸으로, '내 일도 아닌데 뭐!'라고 말하는 중이었다. 이런 의리 없는 놈 같으니라고! 생각 같아서는 뒤통수라도 한 대 올려붙이고 싶어서 손이 근질거렸다. 내가 녀석의 입안에 처넣은 쫀드기만 몇 개인데. 아니, 한 달에 한두 번 고모가 가져다주는 미제 초콜릿도 벌써 열 조각이 넘을 텐데! 게다가 국민학교(초등학교) 때부터 치자면 전쟁놀이를 할 때마다 소대장 시켜 준 것만도 스무 번은 넘을걸! 반장선거만 아니면 진작에 정강이라도 걷어찼을 거였다. 내가 이렇게까지 해야 하나, 싶었다. 하지만 별수 없었다.

"그래. 잘했어."

일단 나는 마음에도 없는 말로 대꾸하고 철민의 어깨를 두드렸다. 그러자마자 녀석이 앞서 언덕길을 내려가기 시작했다.

나는 머리가 복잡해졌다.

어젯밤에 계산해 본 바로는 확실하게 나를 찍을 사람은 17명이었다. 하지만 반 전체 인원이 41명이니까, 과반수가 되려면 21명이어야 했으므로 4명이 부족했다. 그런데 네 녀석까지 왜 이러는 거야, 라는 생각에 철민이의 뒤통수를 한참이나 째려봤다.

'하아!'

나는 여러 번 한숨을 내쉬었다. 어쩌다가 이렇게 된 걸까. 국민학교 3학년 때부터 단 한 번도 반장을 다른 아이에게 빼앗길까 봐 고민한 적이 없었다.

나는 시험 볼 때마다 전교에서 5등 바깥으로 떨어져 본 적이 없었고, 달리기든 턱걸이든 멀리뛰기든 항상 3등 안에는 들었다. 일곱 살 때부터 아빠가 태권도를 가르쳐 준 덕분에 국민학교 다닐 때부터 검은 띠였다. 글씨도 곧잘 써서 교내 경필 대회에서도 1등 아니면 2등이었다. 글짓기상도 여러 번 탔고….

그래서 반장선거를 할 때마다 누구나 그랬다. "신우 아니면 누가 반장을 하겠어?"라고. 지금도 길을 막고 아무 사람한테 물어볼까? 적어도 지금처럼 쫀드기며 뽑기(달고나)까지 해다 먹이지 않아도 반장선거에서 떨어질까 봐 조바심을 내지 않았었는데. 아니, 조바심은커녕 축구 할 때나, 오징어 게임을 할 때나, 딱지치기며 구슬치기할 때도 나와 한편을 하려고 안달했지. 학교 뒷산을 누비며 전쟁놀이할 때는 어땠고. 내 편이 안 되면 삐져서 훌쩍거리면서 산에서 내려가던 아이도 있었다고. 물론 그건 어느 정도 아빠 덕분이긴 했지만.

어쨌든 항상 아이들은 내 곁에서 떨어지지 않으려 했는데 지금은 어쩌다가 고작 반 아이들 절반도 채우지 못해서 이렇게 똥줄이 타고 있는 걸까. 무엇 때문에 이렇게 뒤처지는 기분일까. 중학교라 국민학교랑 달라서 그런 걸까? 어차피 근처에 중학교라곤 하나밖에 없어서 동네 아이들 대부분 같은 중학교에 갔는데, 뭐가 다르다고.

하아!

그것도 아니라면…?

아빠가 떠올랐다. 인정하고 싶지는 않았지만, 결국 아빠일 것이라는 생각에 이르렀다. '아빠 덕분에 모였던 아이들이 이제는 아빠 때문에 내 곁을 떠나고 있어'라고 나도 모르게 주억거렸다. 그리고 마치 보란 듯이, 나는 고개를 끄덕였다.

갇혀 지내던 아빠가 지난해 가을부터 바깥으로 나돌기 시작하면서부터였다. 아빠가 집 밖으로 나오자 주위의 어른들이 아빠를 손가락질하기 시작했고, 흉을 보았다. 덩달아 아이들까지 쑤군거렸다. 내 앞에서는 대놓고 뭐라 하지 않았지만, 하나둘씩 내 눈치를 보기 시작했다. 그리고 마침내 어떤 놈은 마치 전염병 환자 피하듯 했다.

제일 먼저 명호가 등을 돌렸다.

지난겨울부터, '명호가 중학생이 되면 반장선거에 나갈 거래!'라는 소문이 들렸다. 처음에는 그냥 코웃음을 치고 말았다. 왜냐하면 놈이 아무리 날뛰어 봐야 내게는 고작 한팔접이에 불과하니까. 아마 나랑 다른 학교에 가거나 다른 반이 될 거로 생각하고 제풀에 깝죽거리는 것이라 여겼다. 항상 내 밑에서 부반장이나 했으니, 오죽했으면 그럴까, 싶었다. 그래서 나는 다른 학교에 가서 반장을 하는 것까지는 너그럽게 봐주리라고 마음먹었다.

그런데 봄방학 직전, 나랑 같은 학교, 같은 반이 된 걸 확인한 후에도 놈이 그 말을 물렀다는 소리가 들리지 않았다. 한편으로는 가소로웠고, 괘씸했다. 국민학교 때부터, 전쟁놀이할 때마다 내 밑에서 소대장이나 하던 녀석이 어딜 나대는 거야, 라는 생각을 떨쳐

낼 수가 없었다. 그래서 나는 정작 새 학기가 시작되면 모든 것을 원래대로 돌려놓겠다고 마음먹었다. 놈이 정말 그렇게 생각하고 있었다면, 그 소리가 쏙 들어가게 해 줄 거라고!

하지만 아니었다. 명호는 언제부터인가 납작개구리산 중턱 바위 밑 땅을 파고 함께 만든 비밀 본부에도 나타나지 않았다. 그 뒤를 따라 다른 아이들도 한둘씩 등을 돌리기 시작했다. 가장 먼저 남 흉보기 잘하는 상도, 뚱뚱하다고 아이들이 놀리던 석만, 돼지코 정표, 진식, 태광, 윤주까지…. 심지어 놈들이 모여 다른 곳에 새 본부를 꾸미고 있다는 소문마저 들렸다. 비로소 나는 무언가 좋지 않은 일이 일어나고 있음을 알아차렸다. "이건 배신이 아니라, 반란이야!" 나는 언젠가 보았던 드라마의 한 장면에 나온 대사를 중얼거렸다.

그 기억을 떠올리면서 나는 이를 뿌드득 갈았다.

'이 새끼들이 정말!'

주먹을 꼭 쥐었다가 풀었다. 그리고 나는 고개를 저으며 생각했다.

'하지만 아무리 그래도 어떻게 절반이 안 돼?'

곱씹어 볼수록 괘씸했다. 무언가 뜨거운 것이 목덜미로 치밀어 오르는 기분이었다. 그 바람에 나는 한발 앞서 걷던 철민이의 뒤통수를 한 대 후려쳤다. 그 바람에 삐딱하게 쓰고 있던 교모가 저 앞으로 툭 떨어졌다.

"아, 왜?"

"어? 그게….'

철민이는 교모를 주워 들며 되물었고, 나는 머뭇거렸다. '너는 새끼야, 나도 아껴서 먹는 미제 초콜릿을 나누어 준 것만 몇 개인데!'라는 소리가 목구멍에 걸려 버둥댔지만, 입 밖으로 내지는 않았다.

"난 너 찍는다고 했잖아. 승민이한테도 약속받았다고!"

철민이가 내 속마음을 눈치챈 걸까. 얼굴을 잔뜩 찌푸리며 짜증을 냈다.

"아, 알았어. 미안, 미안!"

나는 얼른 철민이의 등을 다독였다.

여전히 속마음이 개운치 않았다. '야, 똥싸개로 놀림받던 네 녀석을 전쟁놀이에 끼워 준 게 누군데, 응? 수업 시간에 네 녀석이 바지에 똥을 쌌다는 소문이 나서 아무도 놀아 주지 않을 때, 전쟁놀이에 끼워 준 게 누구냐고? 그때부터 지금껏 내 말이라면 발가락이라도 핥을 것처럼 나만 쫄래쫄래 쫓아다니더니….'

나는 철민이의 뒤통수를 빤히 쳐다보면서 주먹을 꼭 쥐고 걸었다. 그때쯤, 어디선가 새마을 노래가 크게 들려왔다.

새벽종이 울렸네, 새 아침이 밝았네
너도나도 일어나, 새마을을 만드세

얼결에 한 구절 따라 부르는데, 문득 철민이가 걸음을 멈추었다. 얼추 넓은 길로 나가는 삼거리를 오십 보쯤 남겨 둔 듯했다.

왜, 라고 물으려다가 나는 그만두었다. 삼거리 입구 김제쌀상회 앞에 아빠가 보였기 때문이다.

아빠는 눈을 쓸고 있었다. 길 한복판에 쌓인 눈을 길가로 휙휙 쓸어 내더니 눈삽을 집어 들고 수북하게 쌓인 눈을 공터로 옮겼다. 윗옷은 아예 내복 바람인 아빠의 얼굴이 벌겋게 물들어 있었다. 그 주위에 김제쌀상회 주인아저씨와 통장 아저씨, 그리고 김제쌀상회 맞은편에 있는 동진골이발소의 이발사 아저씨가 모여 두런두런 이야기를 나누고 있었다.

"신우야, 너희 아버지….."

"알아, 이 새끼야. 학교 안 갈 거야?"

나와 아빠 쪽을 번갈아 쳐다보면서 철민이 말했고, 나는 재빨리 놈을 지나쳐 삼거리 쪽으로 걸었다. 일부러 아빠 쪽을 쳐다보지 않았다. 하지만 소리는 들렸다. "강 상사, 이쪽으로 와서 여기 좀 더 쓸어. 저 윗길에는 연탄재 좀 더 뿌리고!", "네네! 갑니다, 가요!", "더 빠릿빠릿하게 움직이지 못하나? 강 상사. 서두르란 말이야!", "강 상사. 전우를 구한다는 마음으로 뛰라고! 돌격!", "넷! 돌격 앞으로!" 그런 소리가 들리는가 싶더니 일제히 낄낄거렸다. 그 소리가 몽둥이가 되어 목덜미를 때렸다. 아빠를 놀리고 있는 거였다.

그 때문에 나는 얼굴이 뜨겁게 달아올랐다. 내가 조롱당하는 기분이 들었고, 그 때문에 주먹을 더 꼭 쥐고 걸어야 했다. 마음 같아서는 당장 돌아서서 소리라도 지르고 싶었지만 그럴 수가 없었다. 누구에게, 무슨 말을 해야 하는지도 알 수 없었고, 그럴 용기도 나지 않았다.

그런데 그때였다.

"신우야! 신우, 학교 가니?"

아빠의 목소리였다. 하지만 나는 돌아보지 않았다. 얼굴이 더 뜨거워서 길 한편에 쌓인 눈에 머리를 처박고 싶었다. 그런 줄도 모르고 철민이 내 팔을 붙잡았다.

"신우야. 너희 아빠가 부르잖아."

"안다고 새끼야."

철민의 말에 나는 거칠게 쏘아붙이고 걸음을 재촉했다. 아니, 잠시 후에는 뛰듯이 큰길을 부지런히 걸었다. 그런 중에도 두어 번 아버지의 목소리가 들려왔다.

"신우야, 학교 잘 다녀오⋯."

그러거나 말거나 나는 고개를 약간 숙인 채 묵묵히 걸었다.

'아빠가 부끄러워서가 아니야! 사람들이 아빠를 미쳤다고 말하는 게 창피해서가 아니라고!'

나는 누가 묻지도 않았는데, 변명하듯 스스로에게 말했다. 그러자 머릿속 한구석에서 누군가가 바투 물었다. '정말?' 그래서 나는 대답했다. '당연하지. 난 아빠 좋아해. 음, 왜냐고? 그걸 몰라서 물어? 우리 아빠는 베트콩을 잡던 일등상사란 말이야. 아무리 악랄한 베트콩이라도 우리 아빠만 만나면 모두 벌벌 떨었다고….'

그쯤에서 나는 잠시 머뭇거렸다. 또 다른 목소리가 물었기 때문이다. '지금은 아니잖아. 그건 월남(베트남)에 있을 때 이야기지.' 그 물음에 나는 오기가 생겨서 대답했다. '지금도 우리 아빠는 뭐든지 잘해. 쥐, 쥐도 잘 잡아. 알지? 작년 가을에, 학교에서 쥐잡기 기간에 쥐꼬리 가져오라고 했을 때, 내가 1등 한 거. 그거 우리 아빠가 쥐 잡아서 꼬리까지 잘라 준 거야.' 하지만 그 말이 채 끝나기도 전에 다른 물음이 튀어나왔다. '그리고?'

'그리고…. 아, 썰매. 우리 아빠는 썰매도 잘 만들어. 지난겨울에 봤잖아. 송판 뜯어서 그 자리에서 세 개나 만들어서 친구들한테도 나누어 줬어. 맞아. 뽑기도 기막히게 만들어. 아, 나랑 레슬링도 해 주고….' 나는 더듬거렸지만 대답했다. 그래도 목소리는 집요하게 물었다. '그럼, 왜 그렇게 빨리 걷는 거야. 아빠가 부르는데?' 이번에도 머뭇거리지 않고 대꾸했다. '오늘만 그런 거야. 오늘 반장선거 하는 날이잖아. 그래서 바쁘다고. 얼른 학교에 가서….'

그때쯤, 철민이가 내 팔을 잡아당겼다. 그걸 핑계 삼아서 나는 생각을 던져 버리고 철민을 쳐다보았다. 녀석이 학교 진입로로 오르는 저편 앞 사거리를 가리키고 있었다. 거기에 명호가 서 있었다. 더구나 유미와 나란히. 이건 또 무슨 그림일까, 싶었다.

'저 자식이 왜 유미랑…?'

단박에 그런 생각이 들었고, 나도 모르게 잠시 걸음을 멈추었다. 그러나 눈은 가늘게 뜨고 둘을 뚫어져라 쳐다보았다. 이제 유미까지? 네가 다른 아이도 아니고 유미를…? 나는 손톱이 손바닥을 파고들 만큼 거칠게 주먹을 쥐었다. 그리고 침을 뱉으며 웅얼거렸다.

"송명호, 이 개새끼!"

아주 잘 찍은 사진 한 장

분홍 소시지는 금세 바닥이 났다. 반찬통을 열자마자 열댓 명이 우르르 몰려들어 포크질을 했고 그러자 남는 게 없었다. 결국 맨밥만 달랑 남았고, 나는 한두 숟가락 께적거리다가 도시락 뚜껑을 덮었다. 그래도 아쉽지 않았다. 한 녀석 한 녀석에게, "나 뽑아야 해!"라고 말하며 눈도장까지 찍었으니까.

나는 입맛을 다시면서 일어났다.

앞쪽 왼편의 명호 자리를 쳐다보았지만, 놈은 보이지 않았다. 아마 찬합 두 개에 가득 싸 온 김밥을 아이들과 나누어 먹고 또 매점에라도 간 건 아닐까, 싶었다.

쳇! 김밥이라니!

나도 모르게 발로 바닥을 찼다. 분홍 소시지 정도면, 나를 찍을지 명호를 찍을지 고민하는 아이 한둘 정도는 돌려세울 수 있을 거로 생각했는데, 김밥이라니! 그 바람에 점심시간이 시작되자마자 적어도 열 명 넘는 아이들이 명호에게 달라붙었다. 애초에 놈에게 알랑거리던 놈들은 물론이고, '아무리 그래도 나를 찍지 않겠어?'라고 여겼던 동민과 웅기까지. 아니지, 철민이마저 한참을 그 주위에서 알짱거렸다. 말하자면 분홍 소시지가 소총이라면, 김밥은 수류탄이었다.

하아!

나는 길게 한숨을 내쉬었다. 왠지 자꾸만 지는 느낌이었다. 그런 생각을 하지 않으려고 했건만 번번이 명호에게 싸대기를 한 대씩 맞는 기분이랄까.

아침만 해도 그렇다. 왜 명호가 유미랑 함께 있었던 걸까. 도대체 무슨 이야기를 나누었길래 유미가 흰 이를 드러내며 활짝 웃었을까. 왜 명호를 바라보던 유미의 맑은 눈이 그토록 반짝거렸을까. 비록 유미가 지나치는 나를 불러 세우고, "오늘 반장선거라며? 잘해!"라고 말하긴 했지만, 기분이 썩 유쾌하지 않았다. "알았어!"라고 대답하는 둥 마는 둥 하며 지나쳐 온 것도 잘한 일인지 모르겠고.

누가 뭐래도 유미는 내 친구였다. 국민학교에 들어가기 전부터 바로 옆집에 살았고, 그 덕분에 매일 붙어 다녔다. 학교도 같이 갔고, 아침 청소도 같이 나갔다. 친남매냐고 묻는 사람이 있을 정도였다. 양쪽 집을 오가며 밥상을 펴고 마주 앉은 채 숙제를 했고, 고모가 이따금 가져오는 미제 초콜릿을 가장 먼저 가져다준 사람도 유미였다. 같은 반 남자애들보다 더 친했고, 가끔 아이들이 '알나리깔나리' 하며 놀려도 끄덕하지 않았다. 재작년, 유미네가 아랫마을로 이사 가면서 얼굴 볼 시간이 줄어들긴 했지만, 그래도 유미는 가장 친한 친구였다.

그런데 이제 유미마저 명호 편으로 돌아선 걸까. 물론 중학교는 달라서 반장선거에는 영향을 미치지 않겠지만…. 그래도 영 기분이 나빴다.

점심시간이 될 때까지 나는 내내 그 생각을 멈출 수가 없었다. 수업 시간에도 명호를 수없이 힐끗거렸다. 그렇다고 무슨 말을 나누었는지 물어볼 수도 없고. 왜 자꾸 명호란 놈에게 하나둘씩 빼앗기는 느낌이 드는 건지 알 수 없는 일이었다.

그러다가 어느 순간에는, '이 모든 게 아빠 때문인 걸까?' 하고 스스로에게 물었다. 아니라고 얼른 고개를 저었지만, 자꾸만 아빠 얼굴이 떠올랐다.

나는 생각을 떨쳐 내고 복도로 나섰다. 신발장 한쪽 구석에 있는 양동이를 들고 빗자루도 챙겼다. 그리고 복도 오른쪽 끝을 향해 걸어갔다. 하지만 서너 걸음을 걷다가 말고 나는 잠깐 멈추었다.

하, 내가 변소 청소라니. 나 강신우인데?

실큼했지만 어쩔 수 없었다. 어제 내가 반장 출마 공약을 발표하면서 그랬다. "남들이 싫어하는 일에 앞장설 것입니다. 다른 학우들의 손발이 되어서 학급 일에 솔선수범을 해 보이겠습니다"라고. 그랬더니, 집으로 돌아가는 길에 상민이와 창수가 슬쩍 따라붙더니, "그럼, 내일 변소 청소해 줄 수 있어? 반장이 될 사람이 거짓말하면 안 되잖아" 했다. 어쩔 수 없이 나는 그러겠노라고 고개를 끄덕이고 말았다.

하지만 아무리 생각해도 기가 막혔다.

'베트콩 박살부대 강일중 상사가 우리 아빤데?' 나는 머릿속에 떠오르는 대로 중얼거리면서 복도 끝을 향했다. 그런데 얼마 걷지 않아 복도 끝 바깥에 철민이가 보였다.

"철민…."

나는 반사적으로 불렀지만, 철민은 듣지 못했는지 두리번거리더니 금세 오른쪽 옆으로 사라졌다. 얼른 따라 뛰었다. 철민이는 오른쪽 변소 건물을 향해 빠르게 걸어갔고, 왼쪽으로는 명호가 쓰레기장 쪽으로 걸어가고 있는 게 보였다.

'뭐지?'

나는 고개를 갸웃거리면서 철민이 쪽으로 잰걸음을 놀렸다. 녀석은 서두르듯 변소 모퉁이를 돌았다. 나는 빗자루와 양동이를 변소 입구 앞에 내려놓고 얼른 따랐다. 그리고 모퉁이에서 멈추었다. 그 너머에서 바스락거리는 소리가 들렸다. 암모니아 냄새와 구린내가 뒤섞여 코를 후볐다. 그 바람에 나도 모르게 한 손으로 코를 막았다.

잠시 후, 고개를 빼꼼 내밀고 모퉁이 뒤편을 살짝 엿보았다. 아니나 다를까. 철민이 무언가를 입 안에 연신 넣으며 짜금거리고 있었다. 나는 그 앞으로 불쑥 나섰다.

"으어어어억!"

철민이가 기겁하며 나자빠질 듯 뒤로 비틀거렸다. 입에는 쫀드기가 물려 있었다. 그걸 보자마자 대충 그림이 그려졌다.

"하! 이 새끼야. 그거 명호가 줬냐? 자기 찍으라고 하디? 나 몰래 먹으래? 아무리 그래도 이런 데서 먹고 싶냐? 똥 냄새 안 나?"

"아니, 나는 그냥…. 찍긴 너 찍을 거야. 이건 명호가 그냥 준 거야. 정말이야."

철민이는 더듬거리며 답했다. 얼굴이 새빨개졌고, 어쩔 줄 모르겠다는 표정이 역력했다. 그런 철민에게 나는 주먹을 쥐고 한 번 더 쏘아붙였다.

"넌 그게 그렇게도 좋아? 어제도 내가 줬잖아. 그만큼 먹었으면…."

하지만 나는 채 말을 마치기도 전에 주먹을 내렸다.

'오늘 반장선거잖아.'

또 다른 내가 내 몸속에서 다독거렸다. 하는 수 없었다. 나는 대신 안주머니 깊숙이 감추어 둔 초콜릿 하나를 꺼냈다. 원래는 손바닥만 한 것이었지만, 초콜릿에 금이 간 대로 열두 조각으로 자른 다음, 은박지로 싸 둔 것이었다. 만약을 대비해서.

"이거 뭔지 알지? 너니까 특별히 주는 거야!"

"정말 나 주는 거야? 이것도 너희 고모가 가져다주신 거지? 와!"

엄지손톱보다 조금 더 큰 초콜릿 한 조각을 받아 들고 철민이는 금세 얼굴이 환해졌다. 물론 내 속은 쓰렸다. 나, 강신우가 변소 청소에, 이런 배신자 같은 놈의 면상을 쥐어박지는 못할망정 도리어 초콜릿까지 하나를 더 주어야 한다니. 중앙시장에서 미제 물건을 파는 고모를 졸라 겨우 얻은 것이어서 자꾸만 아까운 생각이 들었다.

'반장선거만 끝나고 봐, 어디…!'

나는 속으로 중얼거렸다. 그 사이 철민이는 은박지를 벗겨 내고 초콜릿을 단숨에 입 안으로 처넣었다. 그러고는 연신 우물거렸다.

그런데 그즈음이었다. 나는 히죽거리는 철민을 향해 손을 들어 조용히 하라는 손짓을 했다. 벽 너머, 변소 안쪽에서 왁자한 소리가 들려왔기 때문이다. 얼결에 나는 숨을 죽였고, 집게손가락을 입에 대고 철민이에게 조용히 하라는 신호를 보냈다.

"그래서 너는 명호 찍을 거라고?"

"응. 신우는 국민학교 때부터 반장 여러 번 했잖아. 그리고 솔직히 신우네 아빠 좀 이상하다며?"

"뭐가 이상해? 아니, 이상해도 신우네 아빠가 이상한 거지 신우가 이상한 건 아니잖아."

"맞아. 걔네 아빠 우리 동네에서 유명해. 착한 일은 다 하신다고! 저번에는 우리 동네 젤 꼭대기 하진이네 집 연탄도 신우네 아빠가 다 날랐어. 오늘 아침 눈길도 다 치우셨다더라."

"우리 할아버지도 그랬어. 전쟁터에 나갔다가 온 뒤에 아파서 그런 거라고. 착한 분이었다고."

누구지? 맨 처음 말은, 코맹맹이 소리 하는 것으로 보아 정표인 것 같은데, 두 번째는 태광인가? 상열이? 아니, 그게 누구든 나는 나도 모르게 인상을 잔뜩 찌푸렸다. 그리고 더 숨을 죽였다. 또 다른 말들이 냄새와 뒤섞여 뻥 뚫린 창을 타 넘어왔다.

"그게 제정신이 아니니까, 그런 거지. 원래 모자란 사람들은 누구나 착해. 남들이 시키는 거 다 하고."

"에이, 아무리…."

"맞아. 미쳤으니까 그러는 거야."

다시 코맹맹이 소리였다. 귀로 들었는데, 누군가 뒷머리를 세게 때리는 기분이 들었다.

"누가 미쳤대? 잠시 아프신 거라잖아. 옛날에도 우리 동네를 위해서 열심히 일하는 분이셨다는데?"

"명호가 그랬어. 미쳤다고. 우리가 몰라서 그렇지. 집에서는 막 소리 지르고 맨 하늘에 대고 경례도 하고 우리처럼 국민교육헌장을 외고 그런대."

이번에는 태광이 목소리 같았다. 변성기가 와서 그런가, 목소리가 걸걸했다. 나는 짧디짧은 머리칼이 바싹 서는 기분이 들었다. 그러나 정작 머릿속에 떠오른 얼굴은 명호였다.

'송명호, 이 치사한 새끼!'

나는 중얼거리면서 주먹을 꽉 쥐었다.

"아무튼 명호가 야채호빵 사 준댔으니까, 난 명호 찍을 거야."

"나한테도 사 준댔어."

그런 이야기를 들으면서, 나는 빠른 걸음으로 변소 건물 모퉁이를 돌았다. 그리고 입구에 놓아두었던 빗자루를 들고 변소 안으로 들어갔다.

네 명의 아이가 나란히 서서 소변기에 오줌을 갈기고 있었다. 나는 성큼성큼 다가가서 제일 먼저 빗자루로 정표의 엉덩이를 툭툭 쳤다.

"뭐라고? 다시 말해 봐!"

"아이, 씨! 뭐야?"

신경질을 내면서 정표가 돌아보았다. 그러더니 기겁하고는, 나를 쳐다보고 투덜거렸다.

"말해 보라고, 어서!"

"난 모른다고! 명호가 그랬다고! 야, 그거 똥 빗자루잖아. 저리 치워!"

정표가 신경질을 내며 몸을 흔들었다. 그 바람에 오줌 줄기가 옆에 서 있던 태광이 바지에 튀었다. 그러자 태광이가 우억, 소리를 냈고, 옷도 추스르지 못한 채 뒷걸음질 쳤다.

"야! 뭐야, 이거!"

태광이는 물론이고 상열이까지 뒤엉켜 버렸다. 정표는 여전히 한쪽 엉덩이에 바지를 걸치고 게처럼 모걸음 치며 물러났다. 상관 없었다. 나는 그런 정표를 더 몰아붙였다. 빗자루 끝으로 놈의 정강이와 배를 번갈아 쿡쿡 찔러 댔다.

"그만하라고, 씨! 너희 아빠가 미치더니, 너도 미쳤냐? 응?"

정표가 꽥 소리를 질렀다. 그 바람에 나는 우뚝 멈추어 섰다. 놈의 말을 듣는 순간, 누군가 날카로운 손톱으로 심장을 확 할퀴어 대는 느낌이었다. 잠깐 숨이 멎는 듯했다.

"뭐? 다시 말해 봐!"

반사적으로 소리를 높였다. 빗자루를 손에서 떨어뜨리고 대신 주먹을 쥐었다. 정표 앞으로 바싹 다가서며 주먹 쥔 손을 놈의 얼굴 쪽으로 들이댔다. 순식간에 놈의 얼굴이 새파랗게 질리는 게 보였다. 하지만 거기까지였다.

"신우야, 그만해."

언제 쫓아왔는지 철민이 나와 정표 사이를 가로막았다. 정표를 변소 바깥쪽으로 밀어내고, 나를 감쌌다.

"저리 비켜!"

나는 오기가 나서 철민을 윽박질렀다. 하지만 녀석은 물러나지 않았다. 대신 내 귓가에 대고 재빨리 소곤거리듯 말했다.

"점심시간 끝나면 반장선거 한단 말이야."

그 말에 주먹 쥔 손을 부르르 떨며 두 걸음 물러났다. 동시에 아이들이 변소 바깥으로 우르르 몰려 나갔다.

"와, 씨! 저 새끼 엄청나게 컸다? 봤어? 작년까지만 해도 나 따라다니면서 알랑방귀나 뀌던 놈이! 내가 엄청 만만하게 보이나 봐! 내가 우습냐?"

나는 분을 삭이지 못하고 투덜댔다. 그런데 그때, 철민이 나를 위로한답시고 한마디 던졌다.

"그게 왜 네 탓이야, 너희 아빠 탓이지."

"뭐?"

나는 반사적으로 녀석을 노려보았고, 그러자 철민이는 움찔 놀라는 표정을 지었다.

"아니, 내 말은…. 그보다 얼른 청소부터 해야 하지 않냐? 변소 청소하러 온 거지? 내가 도와줄게."

철민이는 얼버무리더니 바닥에 떨어진 빗자루를 주워 들었다. 그러더니 내 눈치를 보면서 건성으로 여기저기를 쓸어 댔다.

나는 한동안 움직이지 않았다. 조금 전에 철민이가 한 말이 머릿속을 떠나지 않아서였다. …너희 아빠 탓이지. 정말 그런지도 몰랐다. 아빠 탓이 아니라고, 나는 그렇게 믿고 싶었지만, 아빠 때문인지도 몰랐다. 아빠 사진 한 장이 나를 대장으로 만들어 주었듯이….

내가 아이들에게 그 사진을 처음 보여 준 건 국민학교 4학년 때였다. 그날은 마침 학교에서 반공 포스터를 그리던 날이었다. 다른 아이들은 쓱쓱 잘도 그렸다. 뿔 달린 빨간 도깨비를 그려 놓고, 도화지 아래쪽에 '때려잡자 김일성'을 쓴 아이도 있었고, 한반도 지도 전체를 파랗게 칠해 놓고, '꿈에도 소원은 통일'을 써 놓은 아이도 있었다. 옆에 앉은 철민이도 커다란 군홧발 아래 인민군이 바들바들 떨고 있는 모습을 그린 다음 '쳐부수자 공산당'이라고 썼다.

그러는 동안에도 나는 딱히 무얼 그릴지 생각이 나지 않았다. 사실 매일 똑같은 것만 그려 대는 게 좀 신물이 났다. 그래서 다른 아이들과 다른 포스터를 그려 보고 싶은 욕심이 생겼다. 그러던 차에 문득 사진 한 장을 떠올렸다. 아빠가 월남에 가서 찍은 사진이었다. 사진 속에서 아빠는 양옆에 전우들을 거느린 채, 한 손에는 철모를 벗어 들고 한 손에는 M-16 소총을 들고 있었다. 가슴팍에는 수류탄 여러 개가 주렁주렁 매달려 있었다. 그 사진을 처음 보는 순간, 어찌나 멋졌던지, 그때부터 나는 그 사진을 항상 가지고 다녔다.

이거다, 싶었다. 나는 숙제장 사이에 끼워 두고 다니던 사진을 꺼내 놓고, 사진을 베끼듯 그렸다. 얼추 스케치하고, 위와 아래에, '물리치자 공산당 몰아내자 베트콩'이란 글자의 밑그림까지 그려 두었다. 그러고 나서 혼자 뿌듯했다. 다른 아이들은 죄다 김일성과 북한군만 쳐부수고 있을 때, 나는 베트콩까지 몰아내고 있었으니까.

그런데 그때, 문득 옆에 앉았던 철민이가 소리를 질렀다. "이야! 이 사람, 너희 아빠야?" 그 목소리가 얼마나 컸던지 반 아이들이 일제히 이쪽을 쳐다보았다. 순간 나는 당황했고, 금세 얼굴이 빨개졌다. 그래서 얼른 사진을 집어 들려는데, 철민이가 한 발 더 빨리 사진을 집어 들었다. 그러더니, "이것 좀 봐! 강신우 아빠래!" 했다. 동시에 옆, 그리고 앞과 뒤의 아이들이 돌아보았고, 사진을 힐끗거리다가 마침내 돌려 보았다. "와! 이 총 진짜 총인 거야?", "여기 월남인데 진짜지, 인마!", "베트콩 잡는 백골부대인가 보다." 몇몇은 연신 감탄했고, 또 누구는 아는 체를 했다. 아이들의 눈이 커지고 감탄하는 낯빛이 역력했다. 그 덕분에 나도 모르게 어깨에 힘이 들어가기 시작했다.

그리고 마침내 유미가, "맞아. 신우네 아빠 참전 용사야! 베트콩 엄청나게 잡아서 훈장도 받으셨대!"라고 당당하게 선, 언, 했, 다. 내가 백 마디 하는 것보다 유미의 그 말 한마디가 더 효과가 있었다. 아이들은 일제히 "우아아아!"라면서 감탄했다. 엄지손가락을 추켜올리는 아이도 있었다. 더 많은 아이가 곁으로 다가왔고, 게다가 선생님까지 다가와 사진을 보더니 "신우가 왜 멋진가 했더니, 이런 훌륭한 아빠가 계셨구나!" 했다. 그러자 멀찍이 서서 힐끔거리던 여자아이들까지도 다가와 사진을 힐끗거렸다.

수업 시간이 끝난 후에도 아이들은 내 곁에 모였다. 어떤 녀석은 입으로 총소리를 내며 침을 튀기기도 했고, 또 몇은 책상과 의자 뒤에 숨어 30센티미터 자로 총 쏘는 시늉을 했다. 그 아이들 사이에 철민이는 물론 정표 태광이도, 상열이도 있었다. 아니, 그보다 내 오른쪽 옆에서 내 팔을 꽉 붙잡고 있던 건 명호였다. 전쟁놀이하자, 라고 제안한 것도 녀석이었고, '비밀 본부'를 만들자고도 했다. 그러면서 날 보고, "네가 대장이야!" 했다. 그 이후로 나는 명호를 선임하사 또는 소대장 삼아 학교 뒤편의 납작개구리산을 전선(戰線)으로 삼아 무수히도 뛰어다녔다. 그 덕분에 어떤 날은, 마치 내가 아빠처럼 정글을 누비는 백골부대 용사처럼 느껴지기도 했다. 그도 그럴 수밖에. 내 말 한마디에 아이들은 언덕을 오르고, 구덩이를 뛰어들고 냇물을 건너고, 나무 위를 기어올랐으니까. 비록 나뭇가지를 꺾어 만든 총을 들고, 가슴에는 수류탄처럼 솔방울을 잔뜩 붙이고 있었지만.

그런데 지금, 곁에 있던 아이들은 다 어디로 갔을까.

나는 입 안이 너무나 까끌까끌해서 자꾸만 마른침을 삼켰다. 그리고 어깨를 들썩거리며 교실 쪽으로 멀어져 가는 아이들의 등을 바라보았다. 그즈음, 점심시간이 끝나고, 5교시 시작을 알리는 종소리가 크게 울렸다.

반장선거

"송명호 22표, 강신우 19표! 송명호 반장 당선!"

선생님이 그렇게 말하는 순간, 나는 온몸에서 혼이 빠져나가는 듯한 기분이 되고 말았다. 그 바람에 앉은 자리에서 휘청거렸다. 옆에서 철민이 붙잡지 않았다면 정말로 옆으로든 앞으로든 쓰러지고 말았을 거였다. 가까스로 몸을 세웠지만, 한동안은 그 목소리가 귓가에 메아리처럼 울렸다.

'송명호 반장 당선.'

그에 더하여 선생님은 무어라고 이런저런 말을 더하고 있었지만, 그 뒷말은 들리지 않았다.

'말도 안 돼!'

나도 모르게 고개를 저었다. 그리고 꿈인가 생각했다. 그래서 눈을 감았다가 떴다. 하지만 꿈은 깨지 않았다. 하는 수 없이 한 손을 책상 아래로 내려 허벅지를 꼬집었지만 마찬가지였다.

'그럼 이게 현실이라고?'

또 스스로에게 물었다.

'고작 세 표 차이로, 국민학교 4학년 이후로 단 한 번도 남에게 빼앗기지 않은 반장을, 그것도 명호에게 내준 것을 믿으란 말이야?'

그래서 또 머리를 흔들었다. 물론 그래도 달라지는 건 없었다. 내가 그러는 동안, 명호는 앞쪽으로 나가서, "저를 뽑아 주신 우리 반 학우들에게 정말 감사를 드리며…"라는 말을 떠벌이고 있었다. 그것을 한쪽 귀로 흘려들으며 나는 속으로 중얼거렸다. '간사한 놈, 미꾸라지 같은 새끼….' 별별 욕설이 다 머릿속을 떠다녔다.

그러나 이제는 더 이상 허벅지를 꼬집어도 소용없다는 사실을 인정해야 했다. 그러고 나니 고개를 들 수가 없었다. 반 아이들이 나를 쳐다보며 비웃을 것만 같았다. 아니, 정말로 몇몇 아이들은 자꾸 내 쪽을 힐끔거렸다. 그래서 도무지 어디를 쳐다보아야 할지 막막하기만 했다. 나는 고개를 숙인 채 공연히 책상 밑 한쪽 다리만 요란하게 떨었다. 갑자기 갈증이 나서 자꾸만 입맛을 다셨다.

그런 내 마음을 아는지 모르는지 철민이 작은 소리로 말했다.

"와, 명호 말 잘한다. 쟤가 성당에 다닌다더니, 그래서 그런가?"

그 말 때문에 나는 얼결에 고개를 들고 철민을 쳐다보았다. 하지만 녀석은, "앞으로는 학우 여러분들과 함께 명랑하고 따뜻한 1

학년 2반을 만들 것을 약속드립니다"라고 떠드는 명호를 넋 놓고 바라보는 중이었다. 생각 같아서는 녀석의 머리통을 한 대 쥐어박고 싶었다.

그런데 그때였다.

"강신우를 추천합니다!"

잘못 들었을까. 명호가 내 이름을 부르고 있었다. 나는 얼결에 명호를 쳐다보았다. 하지만 무어라 대꾸하지 않았다. 그러자 선생님이 덧붙여 말했다.

"강신우, 대답해야지. 반장이 너를 부반장 겸 환경미화부장으로 추천했어."

"네?"

선생님의 말 자체가 이해되지 않아 되물었다.

"명호가 반장에 당선되었으니까, 이제 임원진을 구성해야지. 그런데 환경미화부장으로 너를 추천했다고. 경쟁자를 임원으로 임명하겠다니 정말 멋진 발상이지 않아? 설마 거절하지는 않겠지?"

"…."

선생님은 상세하게 설명했다. 하지만 그러고 나서도 나는 이게 무슨 말인가 싶어서 어리둥절했다. 그때, 옆에서 철민이 내 팔을 툭 쳤다.

"명호가 너보고 청소반장 하라잖아."

순간 나는 선생님이, 아니 명호가 내게 무슨 짓을 했는지 깨달았다. 그래서 나는 얼른 대꾸하려고 입을 열었다.

"선생님, 저는…."

그러나 그때, 선생님이 선수를 쳤다.

"그래, 받아들이는 거다? 자, 박수!"

동시에 아이들이 손뼉을 쳤다. 나는 더 이상 무어라 대꾸하지 못하고 멍하니 선생님과 아이들을 번갈아 쳐다보아야 했다.

박수 소리가 잦아들자 선생님이 다시 입을 열었다.

"자, 오늘은 대청소하고 내일부터 본격적으로 새 학기를 시작해 보자. 반장이랑 환경미화부장, 아니 부반장이랑 잘 의논해서 청소 꼼꼼히 하고 교무실로 검사 받으러 와. 알았지?"

그리고 선생님은 교실 밖으로 나갔다. 그러자마자 아이들이 자리에서 일어났다. 그런 아이들을 향해, 여전히 앞쪽에 서 있던 명호가 소리를 쳤다.

"자, 내 말 잘 들어. 1분단, 2분단은 교실 청소. 3분단은 유리창과 복도, 4분단은 화단이랑 야외 변소 청소. 한 시간 안에 끝내. 일사불란하게 움직여! 각자 위치로!"

순간 고개를 떨어뜨리고 듣고 있던 나는 명호의 그 말이 왠지 익숙해서 깜짝 놀랐다. '일사불란', '각자 위치로'와 같은 말은 전쟁놀이할 때, 그리고 반장이었을 때, 내가 아이들에게 쓰던 말들이었다. 이제 그것마저 명호가 가져간 것이었다. 아, 저 간사한 자식! 나는 또 버릇처럼 주먹을 꽉 쥐었다. 하지만 고작 가슴을 탁탁 때리는 수밖에 없었다.

나는 억지로 일어나 철민이를 따라 밖으로 나갔다.

청소를 다 마치는 데 한 시간이 더 걸렸다. 그동안 나는 여전히 어진혼 나간 사람처럼 빗자루를 들고 맥없이 이리저리 왔다 갔다, 했다. 바닥을 쓸다가 벽을 긁었다가 한참 동안 멍하니 서 있기도 했다. 그런 나를 철민이가 이리저리 끌고 다녔다.

마침내 아이들은 다 돌아갔고, 나는 교실에 혼자 남았다. 철민이 기다린다고 했지만, 억지로 돌려보냈다.

나는 내 자리에 오래 앉아 있었다. 서쪽 하늘 끝에 걸린 해가 교실 안쪽 깊숙이 들어올 때까지 교실 밖으로 나서지 않았다. "2분단 바닥 청소 다 하면 책상 줄 맞춰서 잘 배열해. 3분단은 호호 입김 불어서 유리창 닦고. 손자국 남기면 안 돼. 내 말 알지?"라고 소리를 질러 대던 명호의 모습이 계속 생각났다. 그뿐만 아니라, "환경 미화부장은 야외 변소 좀 보고 와. 청소 잘되고 있는지 말이야"라며 손가락을 까닥대던 모습이 떠올라서 온몸이 부르르 떨렸다.

아니, 그것만큼이나 더더욱 참을 수 없었던 건, 정표와 태광이였다. 놈들은 똘마니처럼 명호 옆에 바싹 붙어 다니며 명호를 따라서 아이들을 재촉해 댔다. 나에게까지는 아무 말 못 했지만, 눈을 내리깔고 보는 모습이 예전의 놈들 모습이 아니었다. 정표란 놈은, 변소에서 만났을 때와는 또 다르게 계집애처럼 입까지 삐죽거렸다. 나는 기가 막혀서 무어라고 되받아치지도 못했다.

한때는 내 편에 서서 신발 바닥이라도 닦을 것처럼 발발거리던 놈들이 언제부터…. 그런 생각을 하며, 나는 주먹을 더 꽉 쥐었다.

후우!

나는 가만히 숨을 몰아쉬고 가방을 열었다. 그리고 숙제 공책 사이에 끼워 두었던 사진을 꺼내 들었다. 개머리판을 허리에 걸치고 한 손으로 소총을 받쳐 든 아빠의 모습. 가만히 사진을 들여다보고 있자, "와! 이게 M-16 소총이구나. 맞지? 이걸로 베트콩들을 뚜르르르 갈겼다는 거 아니야?", "아니지. 가슴에 수류탄 보이지? 저걸 던져서 땅굴에 숨어 있는 베트콩을 다 한 방에 보내는 거지!"라고 떠들던 아이들의 목소리가 귓가에 앵앵거렸다. 몇 년이 지났어도 그때만 생각하면 지금도 어깨가 쭉 펴졌다. 그때, 나는 아빠였고 아빠가 곧 나였다.

하지만 그 목소리는 금세 사그라들었고, 나는 나도 모르게 어깨를 늘어뜨렸다. 이제 그런 아빠는 없었으니까. 그럼에도 불구하고 '내가 아빠고, 아빠가 나'란 사실은 여전했으므로.

나는 길게 한숨을 내쉬었다. 그런다고 달라질 건 아무것도 없었지만, 가슴이 아프도록 긴 숨을 자꾸만 내뱉었다.

그때쯤, 또 한 장의 사진이 생각났다. 그건 아빠 사진이 아니었다.

하필이면 방 안에만 갇혀 있던 아빠가 비로소 집 밖으로 나서기 시작하던 그 무렵이었다. 중학교 공부를 예습한답시고 유미네 집에서 공부하고 나오다가 명호와 아이들 무리가 김제쌀상회 앞 삼거리에 모여 있는 걸 보았다. 무슨 일인가, 싶어서 가만히 다가갔다.

명호가 아이들을 모아 놓고 아빠 사진을 내밀었다. "정말로 너희 아빠가 대통령이랑 사진을 찍었다고?", "그럼, 명호네 아빠가 대통령이랑 친구란 말이야?", "와! 명호네 아빠 엄청 높은 사람인가 봐!" 아이들이 그런 말들을 주고받으며 입을 쩍쩍 벌렸다. 그래서 아이들 사이를 파고들어 사진을 빼앗아 들었다.

"야! 뭐야? 찢어져 조심해!" 명호가 소리쳤지만 나는 아랑곳하지 않고 사진을 들여다보았다. 수많은 사람이 두세 줄로 길게 늘어선 채 찍은 단체 사진이었다. 그 뒤로는 커다란 배 여러 척이 보였고, 사진 오른쪽 아래에는 흰 글씨로 '인천항 도크 준공식(1974년)'이라는 글씨가 박혀 있었다.

"여기 가운데 있지. 이분이 대통령이야. 그리고 이쪽, 여기 이 사람이 우리 아빠고." 명호는 손가락으로 사진의 한가운데 오른쪽 중간쯤을 짚었다. 그러나 사람의 얼굴이 너무나 작아서 누가 누구인지 알아볼 수가 없었다. 그럼에도 명호는 희미한 얼굴 하나를 가리키면서 자기 아버지라고 우겼다. 그러면서 하는 말이, "너희 도크가 뭔지 모르지? 도크란 아주 커다란 배를 만들거나 수리하기 위해서 필요한 시설을 말하는 거야. 우리나라가 세계적인 해양 국가가 되려면 꼭 필요한 것이라 대통령이 직접 지시해서 만든 거랬어"라며 아는 체를 했다. 그게 뭔 말인지는 알 수 없었다. 다만, 녀석의 말투가 선생님을 흉내 내고 있는 것 같아서 꼴사나울 뿐이었다.

더 어이없는 건, 그걸 또 믿는 아이들이었다. "야, 얼굴을 알아볼 수가 없는데 어떻게 명호 아빠인 줄 알아"라고 소리쳤지만, 정표가 "아니야! 명호네 아빠, 이런 옷 있어. 맞지?"라고 대꾸했다. 그러자 명호가 고개를 끄덕였다. 동시에 기다렸다는 듯 정표가, "국군보다 대통령이 더 높은 거 맞지?" 했다. 이번에는 주위에 있던 녀석들이 내 눈치를 보면서 슬쩍 고개를 주억거렸다.

그리고 그 틈을 타서 정표가 혼잣말하듯 슬쩍 중얼거렸다. "이제 우리 대장은 명호가 해야 하는 거 아니야?" 그 말에 나는 무릎을 꺾을 뻔했다.

"아니야!"

국민학생 때의 기억을 떠올리다가 말고, 나는 소리를 내며 고개를 가로저었다. 한참을 그러고 나서 창밖을 내다보았다. 운동장은 텅텅 비어 있었다.

나는 비로소 일어났다. 그리고 가방을 챙겨 교실 밖으로 나왔다. 발걸음이 떨어지지 않아서 억지로 걸어야 했다. 복도를 지나, 운동장을 가로지르는 동안 한숨을 100번쯤 쉬었고, 수도 없이 고개를 가로저었다. 여전히 믿을 수 없어서였다.

그러다가 또 화가 나서 땅바닥의 잔돌을 걷어차고 욕설도 한바탕 허공에 퍼부었다. 하지만 또 창피한 마음이 들어서 얼굴이 후끈 달아오르다가 금세 시무룩해졌다.

나는 교문을 막 나서자마자 우뚝 멈추어 섰다. 정문 왼쪽 골목으로 들어서려는데 저편 문방구 앞에 명호와 여러 명의 아이가 눈에 띄어서였다. 놈들은, 손에는 저마다 뽑기를 하나씩 든 채, 뭐가 그리도 재밌는지 큰소리로 깔깔거리고 있었다. 그러려니 했다. 화가 나고 어이없고 짜증 나고 기가 막혔지만, 이제 어찌할 도리가 없었다.

나는 녀석들과 마주치지 않으려고 건너편 길로 걸었다. 웃음소리가 계속 들려왔지만, 돌아보지 않으려고 애썼다. 하지만 어느 곳쯤에선가 얼결에 고개를 돌렸고, 그 순간 우뚝 멈추어 서고 말았다. 한데 엉켜 있는 아이들 틈새에서 명호를 보았는데 놈이 한쪽 눈을 가린 채 학교 쪽을 향해 거수경례하고 있었다. 그걸 보고 한둘은 똑같이 따라 했고, 나머지는 배꼽을 잡고 웃어 댔다. 명호가 바라보는 쪽에는 3층짜리 학교 건물이 있었고, 그 꼭대기에는 태극기가 힘없이 펄럭이고 있었다.

'그게 뭐 그리 우습다고….'

나는 대수롭지 않게 여겼고, 피식 웃었다. 하지만 나는 곧바로 걸음을 멈추었다. 명호가 지금 무슨 짓을 하고 있는지 알 것 같아서였다. 놈은 지금 아빠를 흉내 내고 있었다. 툭하면 장독대에 태극기를 걸어 놓고 군복을 입고 나와 거수경례하던 아버지의 모습을. 그뿐만 아니라 한 눈이 없는 아버지의 일그러진 표정까지 그대로. 명호는 그걸 어떻게 본 것일까. 아니 그게 중요한 게 아니었다.

나는 온몸을 부르르 떨었고, 길을 건넜다.

'이 새끼가!'

택시 한 대가 빵빵 소리를 내며 지나갔지만 아랑곳하지 않았다. 나는 놈들을 노려보면서 걸어갔다. 몇몇 아이가 눈치채고 웃음을 멈추었다. 그리고 옆으로 물러났다. 그러자 명호가 마주 보였고, 나와 눈이 마주쳤다. 나는 그쯤에서 가방을 땅바닥에 내던졌다. 그리고 주먹을 꽉 쥔 다음 바투 다가갔다.

"왜? 뭐?"

명호가 당황한 표정으로 물었다. 그리고 뒤로 몇 걸음 물러났다.

"이 새끼, 너 지금 뭐 했어?"

나는 주먹부터 올렸다. 그러자 명호가 뒤로 더 내뺐다. 그때, 정표가 달려와 내 팔을 잡았다.

"야, 왜 그래? 반장한테 뭐 하려고⋯."

그 말에 나는 더 울컥했다. 반장 같은 소리 하고 있네. 나는 다짜고짜 놈의 가슴팍을 힘껏 밀어 댔다. 그 바람에 정표는 길 한편으로 나동그라졌다. 그러거나 말거나 나는 명호에게 바짝 다가가 다시 물었다.

"지금 뭐 했어?"

"내가 뭘?"

시치미를 떼면서 명호는 뒤로 더 후다닥 물러났다. 나는 바투 쫓아갔다. 그리고 놈의 뒷덜미를 낚아챘다. 그리고 뒤통수부터 한 대 후려갈겼다. 그 바람에 놈이 비틀거렸다.

"너 지금 반장 안 됐다고 나한테 시비 거는 거야?"

"반장? 웃기고 있네. 애들한테 뽑기 사 주고, 김밥 먹여서 된 주제에!"

"너도 그랬잖아."

"내가 언제, 새끼야. 나는…. 아니, 네가 뭔데 우리 아빠를 놀려. 죽고 싶어?"

나는 말하다 말고 뜨끔했다. 그래서 재빨리 화제를 바꾸었고 놈의 멱살을 잡았다. 그때, 다른 아이들이 와서 말렸다.

"야, 그만해. 학교 앞에서 뭐 하는 거야."

"반장한테 뭐 하는 짓이야. 참아!"

하지만 나는 그럴 마음이 없었다. 나는 명호의 멱살을 더 움켜쥐었다. 그 바람에 놈의 얼굴이 벌게졌다. 그런데 하필 그때였다. 학교 안쪽에서 종소리가 났다. 그러더니 딱딱한 남자 목소리가 튀어나왔다.

"지금부터 국기 강하식을 거행하겠습니다. 경건한 마음으로 국기를 향해 주시기를 바랍니다."

그리고 곧바로 애국가가 흘러나오기 시작했다.

"야, 애국가 나온다. 움직이면 안 돼!"

누군가 말했고, 나는 하는 수 없이 명호의 멱살을 풀었다. 그런 다음, 학교 건물 꼭대기의 태극기를 향해 거수경례했다. 아이들도 나처럼 학교를 바라보고 섰다. 힐끗 돌아보니, 지나던 사람들 모두 멈추어 서서 태극기를 향했다.

그런데 잠시 후, 명호가 발바닥을 조금씩 움직여 앞으로 나아갔다.

"야, 너 왜 움직여?"

나는 명호의 뒤통수에 대고 말했다. 그러면서 나도 슬쩍 한 발 앞으로 움직였다.

"야, 뭐 하는 거야. 이러다 선생님한테 걸리면 내일 기합받아!"

정표가 소곤거리듯 말했다. 하지만 그럼에도 불구하고 나는 반걸음 더 나아갔다. 명호가 발바닥을 땅에 붙인 채 그새 두어 걸음 더 달아났기 때문이다. 나는 조급한 마음에 명호에게 낮은 소리로 외쳤다.

"국기 강하식을 하는데 움직이는 놈이 어딨어?"

하지만 아무리 뭐라고 해도 명호는 살금살금 반걸음씩 앞으로 나아갔다. 하는 수 없었다. 나도 조금씩 움직이는 수밖에. 결국 나는 거수경례를 한 채 크게 한 걸음 움직인 다음 우뚝 멈추었다. 누가 보고 있기라도 한 것처럼 사방을 두리번거렸다.

그 무렵, 애국가가 끝나 갔다. 나는 어금니를 꽉 물고 있다가 애국가가 끝나기를 기다려…. 아니, 명호가 한발 빨랐다. 놈은 애국가가 채 끝나기도 전에 학교 쪽으로 튀었다. 하는 수 없이 나도 놈을 따라갔다.

"거기 안 서?"

나는 스물댓 걸음 만에 놈의 뒷덜미를 다시 낚아챘고, 동시에 거칠게 밀어 버렸다.

"우아아악!"

명호는 비명을 지르며 눈이 녹아 질퍽거리는 운동장 바닥에 고꾸라졌다. 나는 숨을 고르며 다가갔다. 놈이 얼굴에 젖은 흙을 잔뜩 묻히고 일어났다. 교복까지 온통 더러워져 있었다. 아니, 한쪽 코에서는 뻘건 물이 흘러내리고 있었다.

"야! 너 코피 나!"

어느새 쫓아온 정표가 외치듯 말했다. 그러자마자 명호가 손등으로 콧잔등을 훔쳤다. 손목에, 그리고 교복에 핏물이 들었고, 코 주위도 빨갰다.

"야! 어떻게 할 거야?"

명호는 발악하듯 소리를 질렀다. 그런 명호를 향해 나는 발을 들어 옆구리를 걷어찼다. 그러자마자 놈은 다시 옆으로 나뒹굴었다. 나는 그런 놈에게 다가가 말했다.

"송명호, 이 새끼야. 또 해 보라고! 네가 우리 아빠에 대해서 뭘 알아?"

하지만 명호는 대답하지 않았다. 그런 놈의 멱살을 잡고 나는 또 소리쳤다.

"한 번만 더 우리 아빠 놀리면 그때는 죽는 줄 알아!"
그런 다음에야 나는 씩씩거리면서 등을 돌렸다.

아빠가 돌아왔다

나는 집에 들어서자마자 일부러 큰소리를 냈다.

"학교 다녀왔습니다."

그러자마자, 부엌 쪽에서 "얼른 씻고 숙제하고 있어"라는 소리가 들려왔다. 오늘따라 엄마가 일찍 집에 돌아온 모양이었다. 나는 들은 체 만 체했다. 내가 쳐다본 쪽은 건넌방 쪽이었다. 나는 마당을 가로질러 안방 쪽으로 걷다가 말고 멈추었다. 그리고 가방만 툇마루에 휙 던져 놓고는 돌아섰다. 건넌방 쪽마루 아래 아버지의 낡은 운동화와 군화가 나란히 놓여 있었다. 예상은 했지만, 그쪽에서는 아무런 기척도 없었다. 그 바람에 나는 심술이 났다.

'오늘 같은 날엔 대답 좀 해 주면 안 돼요?'

속으로 그렇게 부르짖고 나는 건넌방 문을 노려보았다. 그래서 또 속으로 말했다.

'오늘 무슨 일이 있었는지 아느냐고요? 이렇게 된 게 모두 아빠 탓이란 말이에요.'

소리는 내지 않았지만, 나는 정색을 했다. 이마까지 잔뜩 찌푸렸으니까. 그런 다음 나는 건넌방 쪽으로 성큼성큼 다가갔다. 나도 모르게 신발을 벗으며 동시에 방문을 훅 잡아당겼다. 그리고 마치 따지기라도 할 듯 방 안으로 들어갔다.

제일 먼저 퀴퀴한 냄새가 콧속을 파고들었다. 나는 방문을 닫고 잠시 선 채로 아빠를 내려다보았다. 아빠는 늘 그렇듯 아랫목에 가만히 앉아서 맞은편 벽에 걸려 있는 태극기를 쳐다보고 있었다. 그러느라 내가 방 안에 들어왔는데도 눈길 한번 주지 않았다.

지난 며칠 동안 보았던 아빠의 모습과는 또 달랐다. 고모가 말하기를, 아빠의 병이 꽤 나았다고 했는데, 그것도 아닌 모양이었다. 틀림없이 며칠 동안은 멀쩡한 사람처럼 보였고, 오늘 아침만해도 길 가던 나를 불렀으니까. 그런데 지금은 또 병이 깊었을 때의 모습과 다름없었다. 정말 어느 쪽이 아빠의 진짜 모습인지, 요즘에는 자꾸만 헷갈렸다.

어찌 되었든 나는 아빠에게 화가 났다. 그래서 거리를 두고 아빠 앞에 주저앉으며 말했다.

"나, 반장선거에서 떨어졌어요."

창에서 들이비치는 햇살이 아빠의 한쪽 얼굴에 뿌옇게 번져 있었다. 그 때문인지 들떠진 사람처럼 보였다. 깊은 주름과 가무족족

한 피부가 속속들이 들여다보여서 그런지도 몰랐다. 아빠는 내 말을 듣고도 모르는 체하는 건지 아무런 대꾸도 하지 않았다. 그래서 이번에는 더 큰 소리로 말했다.

"반장에서 떨어졌다고요! 학교 갈 때는 잘도 아는 척하더니…."

그제야 아빠는, 놀란 듯 어깨를 움찔 떨었다. 하지만 그게 전부였다. 아빠는 돌부처라도 되는 듯 꼼짝도 하지 않았다. 바짝 세운 무릎을 두 손으로 끌어안은 채 태극기만 바라보았다. 이 방에 틀어박히면 늘 그래 왔다는 것을 모르지 않음에도 나는 더 화가 났다.

"내 말 들었어요? 그러기에 아빠는 왜 이렇게 돌아왔느냐고요? 정신 좀 차리란 말이에요. 애들까지 전부 아빠가 미친…."

하지만 차마 그 말만은 꺼내지 못했다. 내 입으로는 도저히 꺼낼 수 없는 말이었다. 나는 어금니를 꽉 물고 아빠를 쳐다보았다. 여전히 아빠는 묵묵부답이었다.

아빠가 월남에서 돌아오던 날, 나는 거짓말까지 해 가며 조퇴했다. 엄마가 "알아서 모시고 올게"라고 말했지만, 마냥 기다릴 수만은 없어서였다. 사람들 사이를 헤치고 늠름하게 걸어 나오는 아빠를 내 눈으로 확인하고 싶었다.

나는 머리가 아프다는 핑계를 대고 억지로 조퇴했고, 정오가 되기도 전에 원주역으로 달려갔다. 그리고 초조하게 역 대합실을 서성거리며 온갖 상상을 해 댔다. …아빠가 수많은 사람의 꽃다발을 받고, 사진기자들이 앞다투어 그런 아빠의 모습을 찍어 대고, 둘러선 사람들은 요란하게 태극기를 흔들며…. 맞다. 텔레비전에서 보았던 것처럼, 그때쯤 아빠가 나를 발견하고 손을 내밀면 못 이기는 체하고 달려가 안겨야지, 라는 생각도 했다. 그러자 얼굴이 뜨거워졌고, 나는 혼자 배시시 웃었다. 그 바람에 제풀에 부끄러워져서 대합실에 울려 퍼지는 노래를 따라 흥얼거렸다.

> 월남에서 돌아온 새까만 김 상사 이제야 돌아왔네
> 월남에서 돌아온 새까만 김 상사 너무나 기다렸네
> 굳게 닫힌 그 입술 무거운 그 철모 웃으며 돌아왔네

노래에 맞추어 나는 한쪽 발로 바닥을 톡톡 내리치며 장단을 맞추었다. 그러면서도 머릿속으로는 부지런히 상상 속 아빠의 모습을 떠올렸다. 밀림을 헤치며 뛰어가는 모습, 아무리 폭탄이 터져도 불사신처럼 살아나 적진을 공격하는 모습, 그리고 그런 아빠가 스쳐 지날 때마다 낙엽처럼 쓰러지는 베트콩들….

이윽고 정오가 가까워질 무렵, 안내 방송이 흘러나왔다.

"잠시 후, 청량리를 출발해 안동으로 가는 무궁화호 열차가 도착하겠습니다. 제천 영주 방면으로 가시는 손님께서는 지금 즉시 개찰구를 통해 4번 플랫폼으로 이동해 주시기를 바랍니다."

그와 함께 대합실을 서성이던 사람들이 '들어가는 곳' 쪽으로

물밀듯이 움직였다. 잠깐 사이에 긴 줄이 만들어졌다. 태극기를 든 사람이 하나도 보이지 않아서 이상한 생각이 들긴 했지만, 상관없었다. 그때부터 심장은 콩닥콩닥 뛰기 시작했고, 나는 침을 꼴깍 삼키며 '나오는 곳'을 뚫어지게 쳐다보았다.

얼마나 시간이 지났을까.

개찰구 앞쪽에 길어졌던 줄이 모두 사라지고 다시 안내 방송이 흘러나왔다. 그리고 또 조금의 시간이 더 지났을 때, '나오는 곳'이라 쓰인 널따란 통로 쪽으로 열차에서 내린 사람들이 무더기로 쏟아져 나왔다. 나는 숨을 죽이고 사람들 하나하나를 살폈다. 빠르게 이쪽저쪽을 살피며 군복 입은 사람을 찾았다.

꽤 많았다. 여럿이 무리 지어 나오는 군인들도 있었고, 홀로, 혹은 둘이 이야기를 나누며 걸어가는 군인들도 보였다.

하지만 무슨 일인지 아빠가 눈에 띄지 않았다. 군인들도 수없이 지나갔지만, 아빠는 없었다. 물론 태극기를 흔드는 사람도 보이지 않았다. 나오는 곳 입구가 한산해진 뒤에도 아빠는 나타나지 않았다. 더 이상 사람들이 나오지 않을 때까지 기다렸지만 마찬가지였다.

'아빠….'

나는 속으로 중얼거리면서 뒤를 돌아 대합실을 두리번거렸다. 거기에도 아빠는 없었다. 한산해진 대합실 의자에는 낯선 사람들만 멍하니 앉아 있었다. 나는 그 사람들을 쳐다보면서 잠깐 어찌할 바를 몰라서 머뭇거렸다.

나는 역 앞 광장으로 달려 나갔다. 많은 사람 틈새에서 놓쳤을지도 모른다는 생각이 들어서였다. 군복을 입은 사람이 눈에 띄는 대로 달려가 얼굴을 확인했다. 어깨에 커다란 배낭을 짊어진 사람, 셋이 몰려가는 군인들 앞으로 뛰어들기도 했다. 하지만 아빠는 보이지 않았다. 아무리 헤매고 다녀도 찾을 수 없었다.

나는 이게 무슨 일인가, 싶기도 했고 허탈하기도 해서 광장 한쪽에 오도카니 서 있었다. 다른 열차를 탄 걸까? 머릿속에 그런 생각이 떠나지 않았다. 그래서 이리저리 역 광장을 다시 헤매 다녔다. 길가에서 서둘러 출발하는 택시들도 힐끗거렸고, 버스를 타는 사람들도 다시 보았다. 거기에도 아빠는 보이지 않았다.

그런데 얼마나 시간이 지났을까.

대합실 옆에 있는 자그마한 건물에서 아빠가 나타났다. 작은 건물 위편에 TMO(여행 장병 안내소)라는 글씨가 크게 박혀 있었다.

이상했다. 아빠의 모습은 내가 생각했던 것과 달랐다. 사진에서 보던 그런 모습이 아니었다. 아빠의 어깨는 잔뜩 움츠러들어 있었고, 자꾸만 눈치를 보며 이쪽저쪽을 살폈다. 걸음걸이가 불안했고, 그 때문에 엄마가 아빠의 한쪽 팔을 힘주어 움켜쥔 채 부축하고 있었다. 게다가 아빠의 한 눈이 두꺼운 안대로 가려져 있었다. 너무나 낯설어서 엄마가 아니었다면 그 초라한 군인이 아빠라는 걸 알아채지 못했을 거였다.

나는 아빠에게 눈을 떼지 못했다.

'아빠….'

나는 속으로만 중얼거렸을 뿐 잔뜩 놀란 토끼처럼 슬금슬금 광장을 빠져나가는 아빠를 지켜보고만 있었다. 엄마와 함께 택시를 타고 사라진 뒤에도 나는 한동안 움직일 수 없었다. 사진 속 용감무쌍한 아빠가 신기루처럼 사라지는 기분 때문일까. 온몸의 기운이 한번에 싹 빠져나가는 느낌이었다. 널따란 광장이 뱅글뱅글 돌았고, 또 어느 순간에는 식은땀이 흘렀다.

나는 오래도록 역 광장에 남아 있었다. 정신을 차린 뒤에도 선뜻 집으로 돌아가지 못했다. 아빠가 아니라 아주 낯선 손님이 찾아온 느낌이랄까. 아빠와 마주치면 어떻게 대해야 할지, 무슨 말을 해야 할지 몰라서였다. 그 때문에 공연히 복잡한 시장을 몇 바퀴나 돌고 나서야 집으로 향했다.

해가 질 무렵이었다.

조심스레 집 안으로 들어섰을 때, 서늘한 냉기가 온몸을 휘감았다. 도리어 집 안은 다른 때보다 더 조용했다. 고모까지 와 있었지만, 아주 적막할 지경이었다.

안방에 들어서자 고모가 먼저, "신우, 아빠한테 인사했니?"라고 물었고, 나는 아주 먼 친척을 대하듯 고개를 꾸벅 숙여 보였다. 그리고 그만이었다. 내가 생각해도 어색했지만, 엄마도 더 무어라 하지 않았다. 아빠도 나를 알아보지 못했으므로.

아빠는 방구석에 쪼그리고 앉은 채였고, 고개만 살짝 들고 천장

어딘가를 쳐다보고 있었다. 간헐적으로 눈만 깜빡거릴 뿐이었다. 멀찌감치 떨어져 앉은 누나는 소리 없이 눈물만 흘렸고, 엄마는 한숨만 내쉬었다. 고모가 아빠 옆에 바싹 붙어 앉아, "오빠, 나야. 막내 미정이야"라고 말하며 물수건으로 아빠의 손과 얼굴을 닦아 주었는데, 그럴 때도 마찬가지였다.

조금 더 시간이 지나서야 나는 옆으로 돌아앉아 비로소 아빠를 찬찬히 살폈다. 검은빛 얼굴, 이마의 짙은 주름과 겁에 질려 초점을 잃은 눈, 각진 턱, 까칠한 피부…. 아니, 무엇보다 한쪽 눈. 붕대를 걷어 낸 그 눈 주위는 상처로 얼룩져 있었고, 눈동자는 잿빛이었다. 사람의 눈이 아니라, 유리구슬 같았다. 나는 겁이 났고, 소름이 돋았다.

어느 한 곳도 내가 아는 아빠가 아니었다. 나는 너무나 낯선 모습에 조금 더 뒤로 물러나 앉았고, 마침내 방문을 열고 밖으로 나가고야 말았다. 그리고 장독대 밑에서 숨죽여 울었다.

그날 밤, 나는 고모와 엄마가 나누는 이야기를 통해 아빠가 크게 잘못되었다는 사실을 어렴풋이 깨달았다.

"명령 불복종은 뭐고, 정신이상은 뭐예요? 그래서 군인 병원에 6개월이나…. 왜요? 오빠 그런 사람 아니잖아요? 오빠만 한 군인이 어딨다고요. 내가 장사하면서 수없이 많은 군인을 만나 봤어도 오빠만 한 사람이 없었다고요." 고모가 흥분해서 말했다. 소리를 낮추려 애쓰는 듯, 그러나 어쩔 수 없이 소리는 밖으로 울려 나왔다. 엄마도 구태여 나무라지 않았고, 고모의 말에 대꾸했다. "아까 원주역에서 아빠를 후송해 온 분에게 들었어요. 신우 아빠가 병원 안에서도 괴성을 지르며 죽은 사람 이름을 부르고, 느닷없이 울기도 했대요. 하루에도 몇 번씩, 아무나 붙들고, 김 일병 돌격하라고 외치지를 않나, 본대에 지원 요청해, 막 그런 소리도 하고, 그러고 나서 구석에 쭈그리고 앉아 천장을 바라보며 잘못했다고 싹싹 빌기도 하고…." 그러자 고모가 듣다가 말고 소리를 높였다. "뭐예요? 그럼, 오빠가 정말 미치기라도 했다는 거예요? 눈은요? 눈은 왜 다친 거예요?"

하지만 엄마는 한숨을 여러 번 내쉬기만 했다. 조금 시간이 지난 뒤에야 말을 이었다. "마지막 베트콩 소탕 작전에 나갔다가 베트콩이 던진 수류탄 파편에 다쳤대요. 그때도 신우 아빠는 민간인들에게 함부로 총을 쏘아서는 안 된다며 소대원들과 옥신각신했고, 그러는 사이에 누가 던졌는지 모를 수류탄에 소대원이 셋이나 다쳤다는데…." 엄마의 목소리는 떨렸다. 뒷말이 끊겼는데, 이모는 재촉하지 않았다.

조금 더 기다리자 엄마가 뒷말을 이었다. "원주역에 내렸을 때, 내가 달려갔는데도, 처음에는 나를 알아보지 못하는 눈치더라고요. 휴우!" 엄마와 고모가 나누는 이야기가 온전히 이해되지 않았다. 어쨌든, 아빠에게 엄청난 일이 생겼다는 것만 어렴풋이 짐작했을 뿐이었다. 아니, 사실 구태여 무슨 일이 생겼는지 낱낱이 이해하려 애쓰지 않아도 되었다. 그다음 날부터 나는 아빠에게 무슨 일이 생겼는지 조금씩 알게 되었으니까.

집에 돌아온 첫날 아빠는, 엄마가 마련해 놓은 새 이부자리를 마다하고 창고로 써 왔던 건넌방으로 스스로 걸어 들어가 며칠 동안 한 발도 나오지 않았다. 이따금 그 안에서 울음소리가 들렸고, 한밤중 혹은 새벽녘에 고함이 가끔 터져 나오기도 했다. 흐느끼며 무어라 중얼거리는 소리도 들렸다. 그래서 몇 번은 건넌방 앞에서 귀를 대고 서 있기도 했다. 그럴 때마다, "중대장님, 더 이상 명령을 받들 수 없습니다. 우린 이제 돌아가야 합니다"라며 누군가 대화하는 듯한 소리도 들렸고, "내가 잘못했어요. 미안해요. 정말 미안해요!"라며 잘못을 비는 듯한 목소리도 새어 나왔다. 어떤 때는 너무나 조용해서 문을 열어 보기도 했는데, 그럴 때는 멍하니 앉아서 천장을 멀거니 쳐다보기만 했다. 조심스럽게 아빠를 불러 보았지만, 아빠는 굳은 듯 움직이지 않았다.

어쨌거나 아빠는 더 이상 사진 속 그 모습이 아니었다. 도대체 아빠에게 무슨 일이 있었던 것일까.

나는 나도 모르게 고개를 저으며 주저앉은 채 뒤로 살짝 물러났다. 벼락닫이 창문으로 들어온 햇살이 눈을 찔렀기 때문이다. 지난 생각을 떨쳐 내고 아빠를 쳐다보았다. 야속하고 미웠다. 정말로 무슨 일이 있었는지 알 수 없지만, 꼭 이런 모습으로 돌아와야 했을

까. 나는 아빠를 붙잡고 정신 좀 차리라고 외치고 싶었다. 그래서 나도 모르게 엉덩이를 들썩거렸고, 조금 더 아빠 앞으로 다가섰다.

그때 아빠 가슴에서 황금빛 배지가 눈에 띄었다. 총과 칼이 X자 모양으로 가로지른 문양의 배지가 햇살을 받아 반짝거렸다. 그것과 똑같은 것이 내게도 있었다. 아빠가 월남에 있을 때, 사진과 함께 선물로 보내 준 것이었다. 아빠의 부대를 상징하는 배지라고 해서 나도 항상 가슴팍에 꽂고…. 그러나 그 순간, 가슴을 더듬거리던 내 손에 배지가 잡히지 않았다.

깜짝 놀라 내려다보니 가슴 위쪽에 꽂혀 있어야 할 배지가 없었다.

헉!

가슴이 철렁 내려앉았다. 배지가 어디로 간 것일까. 틀림없이 아침까지 내 눈으로 확인하지 않았던가. 놀란 마음에 방 안을 돌아보았다. 물론 보이지 않았다. 그때, 명호와 싸우던 운동장이 생각났다. 명호와 뒤엉켜 버둥거릴 때 빠진 것임이 틀림없었다. 나는 벌떡 일어나 방문 손잡이를 잡았다.

하지만 나는 거기서 멈추었다. 채 방문을 열기도 전에, 밖에서 요란스러운 소리가 들려왔기 때문이다.

"신우 엄마! 신우 엄마, 나 좀 봐요!"

대문을 열어젖히는 소리가 들리는가, 싶더니 날카로운 목소리가 공기를 찢었다. 얇은 창호지가 떨리는 느낌마저 들었다. 나는 단번에 그 목소리가 명호 엄마의 것임을 알 수 있었다. 그 바람에 숨기라도 하듯 얼른 벽 쪽으로 몸을 기댔다. 그리고 문구멍으로 바깥을 내다보았다.

"명호 엄마 왔어요? …어머, 명호가 이게 무슨 일이야?"

부엌에서 나온 엄마는 명호를 쳐다보더니 놀란 듯했다. 아닌 게 아니라, 명호는 온몸이 흙투성이였다. 나랑 뒤엉켜 다투다가 넘어졌을 때 모습 그대로였다.

"무슨 일이긴요! 신우가 이랬다는데요? 자기가 반장 못 되었다고 시비를 걸었다잖아요. 아니, 애가 왜 그 모양이에요?"

"그게 무슨 말이에요? 우리 신우가 시비를 걸었다니요?"

"말했잖아요. 자기가 반장선거에서 떨어지니까 부아가 났던 게지. 아무리 그렇다고 해도 애를 이렇게 진흙탕에 처박는 경우가 어딨느냐고, 응?"

"설마, 우리 신우가….'

"설마가 아니라니까요. 신우 어딨어요. 물어보면 알 거 아니에요. 아니, 하나밖에 없는 교복을 이리 만들어 놨으니, 내일 학교는 어떻게 가란 거예요? 더군다나 반장인데!"

엄마는 쩔쩔맸고, 명호 엄마는 점점 더 소리를 높였다. 그런 중에도 나는 주먹을 꽉 쥐었고, 속으로 말했다.

'송명호, 너 이 개새끼!'

도대체 놈이 어떻게 말했길래, 명호 엄마가 저런 식으로 말을 하는 걸까. 그때, 마침 엄마가 외쳤다.

"신우야. 어딨어? 나와 봐! 어서!"

하지만 나는 움직이지 않았다. 선뜻 나설 용기가 나지 않았다. 가만히 숨을 몰아쉬며 앉아 있었다. 하지만 안방과 누나 방까지 다 돌아보고 온 엄마는 마침내 건넌방 문을 열었다.

"왜 여기에 있으면서 대답을 안 해? 응? 나와 봐, 어서!"

엄마는 내 팔목을 잡아채더니 끌어당겼다. 그 바람에 나는 문지방에 발끝을 부딪쳤고, 얼결에 쪽마루 끝에 섰다. 나는 고개를 푹 숙였다.

"정말이야? 네가 명호 저렇게 만들었어?"

"아니, 나는 명호가 먼저 우리 아빠를…."

엄마의 다그침에 나는 고개를 들고 입을 열었지만, 차마 뒷말을 잇지 못했다. '저 새끼가 아빠를 미쳤다고 했어. 그리고 애꾸눈 흉내를 냈단 말이야!'라는 말이 목구멍에서 맴돌기만 했다. 게다가 뒷말을 무어라 매듭짓기도 전에 명호 엄마가 나섰다.

"너 어째 애가 그러니? 우리 명호가 너 환경미화부장도 시켜 줬다며? 다른 애가 시켜 달라는 걸 반장 권한으로 너 시켜 준 거라던데, 맞지? 그런데 어떻게 은혜를 원수로 갚아?"

"아니에요!"

나는 소리를 높여 말했다. 하지만 그러자마자 명호 엄마가 되받았다.

"뭘 아니야. 명호가 그렇게 말하던데? 어쨌든 너 명호한테 져서 반장 떨어진 건 맞잖아. 안 그래?"

"정말이야? 맞아?"

옆에서 엄마가 재촉하듯 물었다. 나는 하는 수 없이 고개를 끄덕였다.

"그것 봐요. 그러니까 세탁비랑 치료비랑 줘요."

"치료비요?"

"우리 명호 코피까지 터졌다니깐요."

그러자마자 엄마가 나를 쳐다보았다. 하는 수 없이 나는 한 번 더 고개를 끄덕여야 했다. 엄마가 손을 치켜들었다.

"너, 이놈의 자식!"

엄마의 손바닥이 등을 때렸다. 퍽 소리가 났고, 나는, 헉 소리를 질렀다. 그리고 다시 눈을 찔끔 감았는데, 안방 쪽에서 누나의 목소리가 들렸다.

"엄마, 신우가 아니라잖아요."

누나가 마당으로 내려서며 말했다. 그 말에 엄마와 명호 엄마까지 누나를 쳐다보았다. 그러자 누나는 신발을 꿰더니 한 발 나서며 말했다.

"가만 보니, 명호가 우리 아빠 미쳤다고 했네, 뭐! 맞지?"

누나가 이번에는 나를 쳐다보며 물었다. 나는 무어라 대꾸하지 못하고 가만히 고개만 끄덕였다.

"그것 봐요. 아줌마. 명호가 먼저 놀린 거 맞잖아요."

"애, 너는 어른들 이야기하는데 왜 끼어들고 난리야?"

누나의 말에 명호 엄마가 대뜸 목소리를 높였다. 그러자 다시 엄마가 나섰다.

"넌 들어가 있어."

하지만 누나는 물러나지 않았다. 무람없게 보일 줄 알면서도 누나는 또박또박 말했다.

"아니, 명호 말만 듣고 무조건 신우만 몰아붙이면 안 되죠! 그리고 애들 싸움에 무슨 어른들이 끼어들고 그래요?"

"애! 그만하지 못해. 어서 들어가래도!"

엄마가 다시 나무랐다. 그러나 누나는 그 자리에서 꼼짝하지 않았다. 아니, 도리어, 또 한 마디 내뱉을 기세였다.

그런데 그때, 문 쪽에서 요란한 소리가 들렸다. 이번에는 명호 아빠가 둥덩산 같은 배를 앞세워 달려 들어왔다. 훤한 이마가 빛을 받아 반짝거렸다.

"아니, 뭐라고? 우리 명호를 신우가 때렸다고? 응? 정말이야? 너 이 녀석아. 그러면 안 되지. 친구끼리 그러면 안 되는 거야!"

명호 아빠가 불콰해진 얼굴로 따발총을 쏴 대듯 말했다. 술 냄새가 코를 찔렀다. 그 때문에 엄마는 더 안절부절못했고, 명호 엄마가 선뜻 나섰다.

"술 드시고 여긴 왜 와요. 내가 알아서 한다니까!"

"알아서 하긴 뭘 알아서 해. 아무리 애들 일이라도 확실히 짚고 넘어가야지. 우리 명호는 반장이란 말이야. 반장한테 함부로 대들고…. 아니지. 때려눕혔댔지? 이건 일개 국민이 대통령한테 대드는 거나 마찬가지인 거야."

"아니, 명호 아버지. 말씀이 너무 지나치시네요. 양쪽 아이들 말을 다 들어 보셔야죠."

명호 엄마 아빠의 말 사이에 다시 누나가 끼어들었다. 하지만 명호 아빠는 손을 내저으며 누나의 말을 무시했다. 그러더니 엄마를 향해 말했다.

"자, 어차피 애들 일이긴 합니다만, 우리 애가 반장이잖습니까. 그러니 이번에는 우리가 한 번만 참고 넘어가지요. 게다가 저 양반도 저러고 있는데…."

문득 명호 아빠가 건넌방 쪽을 쳐다보며 말했다. 순간 나는 명호 아빠의 입가에 흐르는 묘한 미소를 보고 말았다. 그러자마자 나는 당장 달려들어 명호 아빠, 아니 명호라도 한 대 후려치고 싶었다. 그 미소는 아까 명호가 깔깔댈 때 웃던 그것과 너무나 닮아 있었다.

하지만 나는 아무것도 하지 못했다. 건넌방만 힐끗거리면서 아버지만 원망했다. 그런데 그 순간, 내가 잘못 본 것일까. 살짝 열린 문틈 사이에서 무언가 반짝거렸다. 눈빛! 아빠가 내다보고 있는 것일까. 나는 가슴이 더 뛰었다.

그때 누나가 나섰다.

"아저씨! 지금 무슨 말씀하시는 거예요?"

"허허! 애들은 좀 빠지거라."

명호 아빠가 고개를 쳐들며 거만하게 누나를 나무랐다. 그러고
는 말을 이었다.

"반장한테는 절대 대들면 안 돼요. 그건 신우 어머니도 아시잖
아요? 그렇지요? 하지만 우리 명호가 반장이니까, 이번만큼은 너
그럽게 용서를….."

"이 양반이 용서는 무슨 용서야, 갑자기? 지금 술주정하는 거예
요? 애가 코피가 났다고요."

"아니, 내 말은 우리 명호가 반장이니까 반장의 아량을 베풀어
야 하는 거라고! 명호야, 안 그래?"

"됐어요. 당신은 얼른 집에 가요. 내가 알아서 할 테니. 어서요!
어디서 대낮부터 술을 마시고 와서 여기서 주정을 해요?"

명호 아빠는 횡설수설했고, 그러거나 말거나, 나는 이번에는 명
호를 쳐다보았다. 나와 잠깐 눈이 마주쳤지만, 놈은 얼른 고개를
돌렸다. 나는 주먹을 꽉 쥐었다.

'송명호, 너 이 새끼 가만 안 둘 거야.'

채변봉투

집을 나서자마자 얼른 언덕길을 내달았다. 그리고 위아래를 살핀 다음, 내리막 중간에서 '나훈아 리사이틀'이라는 포스터가 붙은 벽 앞에서 멈추었다. 앞뒤를 둘러본 다음, 나훈아가 바라보는 쪽의 좁다란 골목으로 얼른 뛰어 들어갔다. 아파트 공사장 쪽으로 가는 비탈진 지름길이었다.

물론 아침부터 거기에 가려던 건 아니었다. 나는 모퉁이를 돌자마자 점박이 할머니네 집 초록색 대문을 빼꼼 열었다. 기다렸다는 듯 개가 짖었다. 하지만 진돗개를 닮은 녀석은 정작 나와 눈이 마주치자 꼬리를 흔들었다. 하긴 먹다가 던져 준 쫀드기며 과자가 얼만데, 모르는 체하면 개도 아니지.

나는 대문 안으로 조금 들어서서 좁은 안마당과 그 너머를 살폈다. 방문은 닫혀 있었고, 부엌 쪽에서 달그락거리는 소리가 들렸다.

나는 살며시 강아지에게 다가가 머리를 쓰다듬었다. 그러자 녀석이 더 요란하게 꼬리를 흔들며 내 얼굴을 핥아 댔다.

"쉿! 저리 가."

나는 녀석을 밀어내며 말했다. 그리고 얼른 두리번거려 땅바닥 저편에 있는 개똥 한 덩이를 찾았다. 집게손가락 길이만 했다. 하는 수 없이 미리 준비해 온 나뭇가지 두 개를 젓가락 삼아서 쿡쿡 찔렀다. 하지만 개똥은 딱딱하게 얼어 있어서 쉽게 부서지지 않았다. 그래서 여러 번 반복해서 찍어 댔다.

'하! 내가 이런 짓까지 해야 해?'

나는 제풀에 투덜거렸다. 하지만 별수 없었다. 어젯밤부터 변소를 들락거리며 여러 번 힘을 주었지만, 아무것도 나오지 않았다. 똥구멍을 마개로 막아 놓은 것처럼 방귀조차 소식이 없었다. 오늘 아침에도 변소에 30분이나 앉아 있는 바람에 누나한테 어찌나 잔소리를 들었는지…. 쳇!

다행히 한참 만에 개똥이 반으로 뚝 잘렸다. 조금 크다 싶은 생각이 들었지만, 더 지체할 시간이 없었다. 나는 나뭇가지로 개똥 쪼가리를 집어 채변봉투에 넣었다. 여차하면 점박이 할머니가 나타날지도 모르니까. 물론 그깟 개똥 훔쳐 갔다고 할머니가 혼을 내지는 않을 것이다. 점박이 할머니 아들도 월남에 갔다며, 아빠 생각해서 엄마가 종종 김치며 나물 반찬을 가져다주었던 터였다. 할머니도 나와 마주치면 머리를 쓰다듬어 주곤 했으니까. 내가 하필이면 점박이 할머니네 강아지 똥을 노린 것도 그런 이유였다.

그보다 지각이 더 걱정이었다. 나는 채변봉투를 가방 앞주머니에 쑤셔 넣고 재빨리 녹색 문을 돌아 나왔다.

나는 한달음에 언덕길 아래로 달려 내려갔다. 새마을 노래가 크게 울려 퍼지는 김제쌀상회 앞 삼거리를 지나고 다시 학교 쪽 큰길로 내달렸다. 그리고 숨이 턱까지 차오를 때쯤 멈추었다. 그러고는 천천히 걸었다. 힘들어서가 아니었다. 문득 하필이면 그때, 명호가 생각났기 때문이다.

"아이, 씨…."

나는 중얼거리면서 땅바닥을 찼다. 그리고 걷다가 멈추었다가를 반복했다. 그리고 이번에는, 하아, 하고 한숨을 내쉬었다. 최대한 느릿느릿 걸었다.

명호가 아침마다 반장이랍시고 설쳐 대는 게 꼴 보기 싫었다. 어제는 모범적인 반이 되려면 성적부터 올려야 한다며, 아침 자율학습 시간에 칠판에 수학 문제를 가득 적어 놓고 풀게 했다. 그제는 담임 선생님 대신 영어 숙제를 검사한다면서 아이들한테 일일이 영어 단어의 뜻을 묻고, 대답을 못 하면 열 셀 때까지 서 있게했다. 그뿐만이 아니었다. 어제 아침에는 선생님을 흉내 내며 위생검사를 한답시고 손톱을 내어 보라고 유난을 떨었다. 심지어 바람이 쌩쌩 부는데, 아이들 동의도 구하지 않고 환기한답시며 창문을 열지 않나….

더 어이없는 건, 선생님이 그 꼴을 보고, "요즘 반장이 너무 애쓰니까 여러분도 잘 협조해요"라고 말했다는 사실이다. 그러자 놈이 더 기가 살아서 날뛰었다. 특히 내 앞에서는 더 유난을 떨었다. 가방을 똑바로 놓으라고 잔소리하지 않나, 글씨를 똑바로 쓰라고 지적질까지 해 댔다. 그때마다 어금니를 물고 주먹을 쥐었지만, 억지로 참아 내는 수밖에 없었다. 물론 놈이 나에게 보복하려고 그러는 것으로 생각했다. 며칠 전에 나 때문에 흙탕을 뒤집어쓰고 코피까지 흘렸으니까.

그런 생각을 하니, 더더욱 학교에 일찍 가고 싶지 않았다. 오늘은 또 무슨 꼴 사나운 짓으로 나를 들들 볶을지 알 수 없었으므로.

그런데 어디쯤에서였을까. 저 앞에 교문이 보인다 싶었을 때, 누군가 뒤쪽에서 팔을 붙잡았다.

"왜 그래? 어디 아파?"

돌아보니, 유미였다. 밝은 얼굴로 나를 쳐다보는 유미의 뺨이 발그레했다. 왼쪽 보조개가 옴폭 파여서 조금 새침해 보였다.

"어? 아, 아니야. 그냥…."

나는 얼버무렸다. '명호란 놈이 반장질 하는 거 꼴 보기 싫어서'라고 대답할 수가 없었다. 다른 마땅한 핑계도 떠오르지 않았다.

"그런데 왜 이렇게 기운이 없어 보여? 어깨도 축 늘어지고. 괜찮아?"

유미는 마치 누나가 그렇게 하듯 어른스럽게 물었다. 어깨도 토 닥였다. 그러더니 팔짱을 끼며 내 옆에 바싹 붙었다. 순간 얼굴이 후끈 달아올랐다. 그런데 또 그런 내가 부끄러워서 또 어쩔 줄을 몰랐다. 예전에는 안 그랬는데, 얼마 전부터 유미가 얼굴을 들이대 고 말하거나 옆으로 바싹 다가오면 공연히 가슴이 뛰곤 했다. 정작 유미는 전혀 그런 표정이 아닌데.

나는 혼자 쑥스러워서 얼른 유미의 팔을 떼어 내고 앞으로 두어 걸음 나섰다. 그러자 곧바로 유미가 쫓아와 물었다.

"그런데 너…. 정말 반장 못 되었다고 명호 때린 거야? 선거하는 날 협박도 했다며?"

"뭐? 무슨 말이야? 도대체 누가 그래? 걔가 우리 아빠를…."

나는 소리를 높였다가 급히 멈추었다. 부아가 치밀었지만, 이번 에도 차마 그 말을 입에 담을 수가 없었다. 그러자 유미는 그 말을 어떻게 들었는지 도리어 나를 타일렀다.

"다음부터는 그러지 마. 너답지 않아. 왜 그랬어? 그리고 반장 그거 한 번 못 하면 어때? 다음에 또 하면 되잖아. 게다가 명호가 너 부반장 시켜 줬다며? 환경미화부장인가? 아무튼 그런 생각까 지 한 걸 보면, 명호 참 멋지지 않아?"

"뭐라고?"

나는 소리를 버럭 질렀다. 기가 막혔다. 도대체 소문이 어떻게 퍼졌길래 유미까지 저리 말하는 건지, 어이가 없었다. 아, 혹시 저번처럼 나 몰래 둘이 따로 만나서 무슨 이야기를 나누기라도 한 걸까? 문득 그런 생각이 들었고, 그러자마자, 반장선거 하던 날 아침이 떠올랐다. 명호랑 마주 보면서 배시시 웃던 유미의 얼굴이 지금도 눈앞에 또렷하게 그려졌다. 그래서 그날 무슨 말을 나누었는지 묻고 싶었다.

그러나 내가 채 무어라 말하기도 전에 유미가 말했다.

"참, 명호 과외 한다더라."

"응?"

"서울에서 대학교에 다니다가 휴학하고 온 오빠래. 이러다가 정말 공부도 너한테 이기는 거 아니야?"

"그런데 네가 그걸 어떻게 알았어?"

나는 얼결에 그렇게 묻고 말았다. '또 명호랑 둘이 따로 만난 거야?'라는 말까지 내뱉을 뻔했다. 하지만 나는 곧바로 후회했다.

유미가 나를 빤히 쳐다보더니 물었다.

"넌 지금 그게 중요해? 너도 더 열심히 공부해야지. 아직 공부는 네가 더 잘하잖아. 그러다가 공부마저 전부 뺏기면 어떻게 해?"

유미의 그 말을 듣고 나서야 나는 정신이 번쩍 들었다. 다 뺏긴다는 말 때문에 목덜미가 서늘해졌다. 그래서 나는 잠시 그 자리에 멍하니 서 있을 수밖에 없었다. 뒤통수를 한 대 얻어맞은 느낌이었다. 나는 무어라 대꾸하지도 못하고, 걷기만 했다.

저 앞에 학교 교문이 보일 때쯤, 유미가 내 등을 떠밀었다.

"어서 가!"

그리고 유미는 길을 건너 뛰어갔다. 잠깐 나는 유미의 뒷모습을 쳐다보았다. 조금 전의 서늘한 기운이 여전히 뒷덜미에 남아 있었다.

한참 만에 나는 마른세수를 하고, 손으로 목덜미를 덮혔다. 그런 다음에야 교모를 고쳐 쓰고 정문을 향해 걸었다. 복장을 고치고 선도부 형들이 양쪽으로 늘어선 교문을 빠르게 통과했다.

"멸공!"

큰 소리로 인사를 하면서도 나는 유미의 말을 떠올렸다.

'과외라고? 그런 건 시내에 사는 부잣집 애들이나 하는 거잖아. 그런데 그걸 명호가 한다고?'

이번엔 고개를 갸웃거렸다. 하지만 나는 곧 찬찬히 끄덕일 수밖에 없었다. 지난 늦가을 무렵의 일이 떠올라서였다.

마침 일요일이어서 늦게까지 납작개구리산 땅굴 본부에서 놀았다. 그리고 해 질 무렵, 주머니에 잔뜩 주워 담은 도토리로 아이들과 홀짝놀이를 하며 집으로 돌아오는 길이었다.

삼거리 김제쌀상회 앞에 어른들 예닐곱이 모여 웅성댔다. 가만히 보니 쌀상회 아저씨는 물론이고, 통장 아저씨와…. 그 사람들 틈에 삐쩍 마른 명호 아빠의 머리가 보였다. 포마드 기름을 잔뜩 발라 번지르르한 머릿결이 한눈에 들어왔다.

무슨 힘에 이끌리듯, 나는 아이들과 함께 바짝 다가갔다. 어른들이 알 수 없는 말들을 주고받고 있었다. "그럼, 이 차가 각하 쪽 사람들이 타던 걸, 송 씨가 빌려 왔단 거여?", "빌려 온 게 아니고, 업무용으로 나한테 타라고 내준 거라니까 그러네. 말하자면 그냥 내 차여!", "허, 참! 이게 쌀이 몇 가마일 텐데, 이걸 그냥 준다고?", "그러니까, 송 씨가 각하랑 일을 하는 사람이다 보니께 그렇다잖아유!"

통장 아저씨와 명호 아빠, 그리고 쌀상회 아저씨가 주고받는 소리를 듣고 나는 깜짝 놀랐다. 그제야 꼼꼼하게 자동차를 살폈다. 연탄보다 새까만 색이 칠해진 자동차는 파리가 미끄러질 정도로 매끈했다. 반짝반짝 빛이 났다. 마침 서쪽으로 넘어가는 해가 자동차의 지붕에 스치듯 내려앉았는데, 눈이 부셨다. 놀라워서 눈을 뗄 수가 없었다.

다른 아이들도 어른들의 말을 들었는지, "이게 명호네 아빠 자동차래!", "우리 동네에서 이런 자동차는 처음 본다", "와! 번쩍번쩍하는 것 좀 봐", "그런데 저 자동차가 명호네 아빠 거래!"라는 말들을 해 가며 웅성거렸다. 하지만 내 머릿속에 제일 먼저 떠오른 생각은 그게 아니었다.

'그럼, 그때 그 사진이 정말이었던 거야?'

나는 명호가 내밀었던, 수많은 사람이 쭉 늘어서서 찍었던, 대통령 외에는 누가 누구인지 알 수 없었던 그 사진을 떠올리고 있었다. 인천항 도크 준공식이랬나? 놈이 아는 체하는 모습까지 함께 머릿속에 그려졌다.

'설마!'

나는 입속으로 중얼거리면서 자동차를 이리저리 살폈다. 바로 옆에 서 있던 철민이는 눈이 휘둥그레져서 자동차의 앞 유리 쪽을 찬찬히 더듬었다. 그런데 바로 그때였다. 갑자기 자동차의 뒤쪽 창문이 열렸다. 그 때문에, 얼결에 뒤로 물러났는데 거기서 명호가 얼굴을 쏙 내밀었다. 그러더니 외쳤다. "안 돼! 자동차 만지지 마. 손자국 난단 말이야!"라고.

명호는 심지어 무슨 동네 강아지 쫓듯이 손을 홰홰 내저었다. 철민이는 화들짝 놀라 손을 뗐고, 나도 한 걸음 뒤로 물러났다. 오늘 녀석이 본부에 나타나지 않은 이유를 알 것 같았다.

나는 그 순간, 어찌해야 할지 몰라 잠깐 멍하니 서 있어야 했다. 그리고 그때, 정표가 나를 밀치고 앞으로 나서서 말했다. "이거 진짜 너희 자동차야? 나도 한번 타 봐도 돼?" 그러자 명호가 씩 웃었다. "응? 알았어. 아빠한테 말해서, 너는 한번 태워 줄게." 그러자 다른 아이들도 나서서 서로, "나는?" 했고, 명호는 연신 고개를 끄덕였다.

결국에는 철민이까지 나서서 명호한테 아쉬운 소리를 했다. 하지만 나는 나서지 않았다. 녀석들이 찧고 까부는 모습을 쳐다보기만 했다. 물론 명호 역시 단 한 번도 내게 눈길을 주지 않았다. 그래서 더 태워 달란 말을 하지 못했는지도 모른다.

어쩌면 그때부터였을 거라는 생각이 들었다. 녀석이 내게서 무언가를 빼앗아 가기 시작한 것이. 친구와 반장, 그리고 앞으로는 또 무엇을….

나는 생각을 걷어내듯 머리를 젓고, 빠르게 걸었다. 그리고 잠깐 머뭇거리다 뒤를 돌아보았다. 저편, 명호랑 싸우던 자리를 힐끗거렸다. 혹시라도 배지가 눈에 띄지 않을까, 하고. 물론 땅바닥에는 아무것도 보이지 않았다. 잃어버린 날부터 며칠씩이나 오가며 보았을 때도 없던 것이 지금 눈에 띌 리가 없었다.

나는 운동장을 가로질러 얼른 교실로 향했다.

교실에 들어섰을 때, 아이들 대부분이 자리에 앉아 있었고, 명호와 정표만 아이들 책상 사이를 오가고 있었다. 아마 또 선생님 핑계를 대면서 무슨 숙제 검사라도 하는 모양이었다. 그걸 보고 또 한 번 내 속에서 무언가 끓어오르려 했다. 이번에는 명호가 아니라 정표 때문이었다. 정표가 명호와 함께 서성이는 건, 녀석이 학습부장이기 때문이었다. 10등에도 못 미치는 녀석이 학습부장이라고? 반 배치고사에서 1등을 한 나는 환경미화부장이고? 이게 모두 명호 때문이라는 생각이 들었다.

하지만 나는 애써 무시하고 자리에 가서 앉았다. 그런데 마치 기다렸다는 듯이, 명호가 내 쪽으로 걸어왔다. 바로 뒤에 정표까지 따라왔다.

"너 국민교육헌장 다 외웠어?"

하지만 나는 놈을 한번 힐끗 쳐다보고 무시했다. 그리고 영어 교과서를 꺼냈다. 그럼에도 불구하고 놈은 물러나지 않고 한 번 더 내게 말했다.

"한번 외워 봐!"

"어서! 다른 애들도 다 검사받았어."

명호를 뒤따라 정표까지 나섰다.

"내가 왜 그걸 너희 앞에서 외워야 하는데?"

"내일모레 교감 선생님이 직접 반마다 다니면서 아무나 딱 집어서 확인하신다고 했대. 그래서 담임 선생님이 한 사람씩 점검하랬다고. 조금 전에 선생님이 오셨다가 가셨어. 철민이 너도 들었지?"

명호가 바로 옆에 있는 철민이를 끌어다 댔다. 내가 고개를 돌리자 철민이는 내 눈치를 보면서도 고개를 두어 번 끄덕였다. 하지만 나는 손을 저었다.

"됐어. 내가 알아서 할 테니까. 네 자리로 가."

소리를 지르고 싶었지만, 참았다. 대신 정색하고 말했다. 그리고 나는 영어 교과서를 펼치고 고개를 숙였다. 단어 몇 개를 웅얼거린 뒤, 힐끗 쳐다보자 결국 명호가 앞쪽으로 걸어갔다.

그런데 그게 끝이 아니었다. 명호는 교단에 올라가더니 큰 소리로 말했다.

"오늘 채변봉투 다 가져왔지? 지금 꺼내서 모두 환경미화부장한테 내도록 해. 환경미화부장은 일단 모두 걷어서 번호 순서대로 정리하고."

"뭐…?"

내 입에서 나도 모르게 한 마디가 터져 나왔다. 물론 그 말이 명호에게 들리지는 않았을 거였다. 너무 갑작스럽고 기가 막혀서 반사적으로 튀어나온 말이었다.

연이어 나는 소리를 쳤다.

"야! 그걸 왜 내가 걷어야 해? 지금 무슨 말을…."

그런데 내 말이 채 끝나기도 전에 바로 옆에 있던 철민이가 제일 먼저 채변봉투를 내 책상 위에 올려놓았다. 그리고 기다렸다는 듯 뒤에 있는 명진이와 앞에 있던 동석이까지 내 책상 위에 채변봉투를 슬쩍 밀어 놓았다. 연이어 옆 분단에서도 채변봉투가 날아왔고, 저 앞에서 두 녀석이 뛰어와 나를 향해 채변봉투를 혹 던지고 갔다. 뒤이어 대각선 쪽의 아이들까지.

그러느라 어떤 채변봉투는 애 얼굴을 때리고 책상 위에 툭 떨어졌다. 얼마나 똥을 처넣었는지 봉투 전체가 두둑했다.

"야, 이 새끼들아!"

나는 누구에게랄 것도 없이 욕설을 퍼부어 댔다. 하지만 아이들은 그러거나 말거나 연신 낄낄거리면서 채변봉투를 내 책상 위에 쌓았다. 순식간에 내 책상은 채변봉투로 그득했고, 산을 이루었다.

아니 그것도 모자라 책상 옆에도 여러 개가 떨어졌다.

똥 냄새가 코를 찔렀다. 온몸에 똥칠을 한 기분이 들었다. 그 때문에 부아가 치밀어서 견딜 수가 없었다. 나는 주먹을 쥐고 명호를 향해 걸어갔다. 이놈을, 이번에야말로 제대로 코피를 내게 해 주고야 말 테다, 라는 생각이었다.

그런데 하필이면 그때, 교실 앞문이 열리며 담임 선생님이 들어섰다.

"왜 이렇게 소란스러워? 반장 어떻게 된 거야?"

"환경미화부장이 채변봉투 걷고 있습니다."

"오! 그래? 신우가 애쓰네? 환경미화부장 하더니, 솔선수범하는 거야? 반장을 잘 뽑았더니, 우리 반이 정말 점점 더 좋아지는걸! 그렇지 않아도 채변봉투 담을 봉투 가져왔는데."

선생님이 흰 치아를 드러내면서 미소를 지었다. 그 바람에 나는 슬그머니 주먹을 풀고 물러나는 수밖에 없었다. 나는 선생님이 건네준 커다란 서류봉투를 받아 들고 내 자리로 돌아왔다. 그리고 채변봉투를 서류봉투에 담기 시작했다. 힐끔 돌아보니 명호가 씩 웃고 있었다. 나는 어쩌지 못하고 연신 채변봉투를 주워 담았다.

그런 중에, 채변봉투 속에 담긴 똥 덩어리들이 난질거린다 싶더니, 그예 채변봉투 하나가 찢어졌는지 손에 무언가 물컹한 것이 만져졌다.

"헉! 똥!"

나도 모르게 소리를 질렀다. 하지만 이미 똥은 손에 묻고 옷소매까지 더러워졌다. 나는 구역질을 하고 말았다.

전쟁놀이

어디선가 조각 난 벚꽃잎이 바람에 휘날려 이쪽까지 날아왔다. 그렇게 날아온 꽃잎은 내가 올라와 앉아 있던 장독대 위 항아리 뚜껑에 고스란히 내려앉았다. 나는 하릴없이 장독 뚜껑 위의 꽃잎을 쓸어 담아 손 위에 올려놓고 후후 불었다. 꽃잎은 다시 집 안마당으로, 그리고 담장 너머 길가로 날아갔다.

나는 길 아래쪽을 내다보았다. 개미 새끼 한 마리 보이지 않았다. 분명히 철민이가 납작개구리산에 먼저 갔다 온다고 했는데, 아직 소식이 없었다.

나는 한참 아래쪽을 내려다보다가 고개를 돌려 건넌방 쪽을 쳐다보았다. 엄마와 누나가 집 밖으로 나간 지 한 시간이 더 지났지만, 건넌방 문은 한 번도 열리지 않았고 아무런 기척도 없었다. 생각 같아서는 당장 바깥으로 달려 나가고 싶었다. 아니, 마음은 이미 학교 뒤편 납작개구리산에 가 있었다. "요즘 명호가 동네 형들이랑 우리 본부에 드나든다는 소문이 있어"라는 말을 듣고 오늘은 맘먹고 가 보려던 참이었다. 하지만 엄마가 아빠를 돌보라고 일렀다. "요즘 들어 아빠가 또 이상해. 엄마 올 때까지만 지키고 있어!" 했다.

누나를 쳐다보았지만, "지난주 일요일에는 내가 지켰으니까, 이번에는 네가 지키라고!"라며 선수를 쳤다. 그러고는 도망치듯 나가 버렸다.

나는 어쩔 수 없이 집에 남았다. 달아날 생각을 하지 않은 건 아니었지만, 엄마 말대로 요즘 아빠가 다시 정신 줄을 놓는 일이 많아졌다. 그래서 차마 아빠만 두고 나갈 수가 없었다.

그제 아빠는 다시 장독대에 올라갔다.

학교 수업을 마치고 철민이와 시내를 싸돌아다니다가 집에 돌아왔을 때, 이미 아빠는 장독대에 올라가 보이지 않는 적과 치열하게 전투 중이었다. 아빠만의 전쟁놀이가 시작된 것이다. 장독대 주위가 전쟁터였고, 장독들은 밀림이었으며, 마당 빗자루가 총이었다.

아빠는 예전에도 그랬듯이, 가장 큰 간장 항아리 뒤에 쪼그려 앉아 있었다. 담 너머, 납작개구리산 쪽으로 싸리 빗자루를 겨눈 채 소리쳤다. "김 병장, 나를 엄호해. 내가 먼저 적진으로 뛸 테다!"

그러더니, 장독과 장독 사이를 피해 이리저리 빠져나가더니, 또 다른 장독 앞에 멈추어 흰 고무신 한쪽을 귀에 대고 '무전'을 보냈다. "독수리 응답하라! 여기는 솔개 하나. 독수리 응답하라! 하나 둘 삼 공 지역에 베트콩 1개 중대 출현. 즉시 포격 지원 요청한다. 오버!" 표정은 얼마나 진지한지, 잔뜩 찌푸린 이마와 굳게 다문 입술, 담장 너머를 바라보는 날카로운 눈빛까지. 정말로 저 앞에 베트콩 무리가 달려올 것만 같았다.

그러는 사이, 엄마는 연신 대문 밖을 내다보았다. 동네 사람 누구라도 지나가며 볼까 봐, 두려운 거였다. 아빠가 또 미쳤다는 소문을 낼지도 모르니까. 나는 그러려니 했다. 한두 번이 아니어서 익숙했을 뿐만 아니라, 아무리 뜯어말려도 아빠는 '전투가 끝나야' 장독대 위에서 내려올 테니까. 게다가 이제 아빠가 정신 줄을 놓았다는 것쯤은, 아는 사람은 다 알았다.

"오빠, 왜 그래요? 응?" 그러면서 고모가 아빠를 장독대에서 끌어 내리려 하자, 아빠가 말했다. "군인의 임무를 다하지 못해서 면목이 없습니다. 하지만 그 작전은 실패한 게 아닙니다. 더 이상 총을 쏠 수가 없었습니다. 땅굴 속에 들어 있던 건 베트콩이 아니라, 할머니와 어린 손녀였습니다. 대대장님이라면 그들에게 총을 쏠 수 있었겠습니까?" 너무나도 진지한 말에 고모는 몹시 허탈한 표정을 지었다. 그런 채로 대꾸했다. "알았어요. 알았으니까. 이제 좀 내려가요. 응?" 그러자 아버지는 또 말했다. "어떻게 민간인을 쏠 수가 있겠습니까? 그래서 사격 중지 명령을 내렸습니다. 우리 부대원들을 해친 건 그들이 아니라, 그 너머에 있던 베트콩들이었습니다. 저를 믿으셔야 합니다." 그 말에 고모는 연신 알겠다며 고개를 끄덕였지만, 나는 알 수 없었다.

첫 전쟁놀이 때는 더 낯설고 무서웠다. 하필이면 현충일 오전 10시였다.

묵념을 알리는 사이렌이 세상의 소음을 다 집어삼켰고, 움직이던 모든 것이 멈추었다. 바로 그때, 아빠가 건넌방 문을 열고 뛰어나오며 소리쳤다. "적의 공습이다! 5분대, 현재 위치에서 11시 방향을 사수하라!" 순간 그 다급한 목소리는 사이렌 소리와 뒤엉켜 알 수 없는 공포감을 만들어 냈다. 정말로 저편 어느 곳에서 베트콩 무리가 당장이라도 달려올 것만 같았다. 그 바람에 나는 정말로 아빠가 빗자루를 들고 노려보는 방향을 기웃거리면서 나도 모르게 허리를 숙였다. 그러나 그쪽에서는 아무것도 나타나지 않았다.

군복까지 반듯하게 입은 아빠는 사이렌 소리가 그치자마자 장독대로 올라갔다. 그리고 장독들 사이에 숨어서 다급하게 외쳤다. "독수리! 독수리! 적의 포격이 더 심해지고 있다. 지원 어찌 됐나? 독수리, 제발 대답 좀 해. 독수리!" 그러더니 정말로 머리 위로 뭔가 떨어지기라도 하는 듯이 양손으로 머리를 감싸 쥐고는 온몸을 파르르 떨었다. 그런 채로 아빠는 한동안 움직이지 않았다.

아빠의 머리 위에는 정오의 태양이 폭탄처럼 쏟아져 내리고 있었다. 아빠의 그런 모습을 처음 마주한 엄마와 누나, 그리고 나는 서로의 얼굴만 멍하니 바라보는 수밖에 별다른 도리가 없었다. 그날은 고모까지 와 있었지만, 별다른 힘을 쓰지 못했다. 아빠는 자신을 끌어 내리려는 엄마와 고모를 물리치고 낮은 포복으로, 이쪽 끝에서 저쪽 끝으로 몇 번이고 왕복했다.

그러다가 마침내는 된장 항아리 뒤에 숨어 몸을 잔뜩 웅크린 채 한동안 일어나지 않았다. 잔뜩 겁에 질린 표정으로 버둥거리기만 했다. 경련이라도 난 듯 온몸을 떨었다. 그로부터 조금 더 시간이 지난 뒤, 아빠는 제 발로 내려와 건넌방으로 들어갔다.

물론 그건 시작에 불과했다. 어느 날 느닷없이, 잊을 만하면 아빠는 장독대로 올라갔고, 짧게는 10분, 길게는 30분이 넘도록 자신만의 전쟁놀이를 하고 잔뜩 풀이 죽은 표정으로 내려왔다.

그럴 때마다 엄마는 장독대 아래에 주저앉아, 혹은 건넌방 쪽마루에 걸터앉아 흐느끼곤 했다. '아이고! 그토록 총명하던 양반이 어찌 이리 모지리가 되어 돌아왔소. 남들은 훈장까지 턱 차고 돌아왔더구먼!' 간혹 아빠를 따라 들어가 아빠의 어깨를 흔들며, 혹은 가슴팍을 때리기도 했다.

그래서 엄마는 건넌방 문을 바깥에서 닫아걸었다. 두 가지 이유에서였다. 하나는 남이 볼까 두렵다는 거였고, 또 다른 이유는 혼자 저런 상태로 밖에 나갔다가 무슨 봉변이라도 당할지 모른다는 이유에서였다. 그 때문에 문을 걸고서도 가족들이 번갈아 가면서 아빠를 지켰다. 다행스럽게도 아빠는 혼자 밖으로 나다니지는 않았다.

아빠가, 바깥을 나다니기 시작한 것은 꽤 시간이 지난 뒤였다.

"언니, 저러다가 오빠 큰일 나요!" 스스로 갇혀 있는 아빠를 가리키며 어느 날 고모가 말했다. 그러더니 수소문 끝에, 아빠를 여러 병원에 모시고 다녔다. 그 덕분일까. 어느 날부터 아빠는 제정신으로 돌아왔다가 나갔다를 반복했다. 어떤 날에는 온전한 사람처럼 웃기도 하고, 내 이름도 불렀다. 학교에 잘 다니느냐고 묻기도 했고, 누나의 치마가 짧다고 타박하기도 했다. 그리고 또 조금의 시간이 지난 뒤에는 동네 사람들과도 어울렸다. 엄마는 반대했지만, 고모가 고집을 부렸다.

"언니, 의사 선생님 말씀이 무슨 전쟁터에서 겪은 일 때문에 트라우마인가 뭔가 때문에 그러는 거라고, 이럴 때는 사람들과 어울리는 게 더 좋을 거랬어요." 그 말에 엄마는 하는 수 없이 건넌방을 잠갔던 빗장을 풀었다. 사실 그때쯤에는 아빠가 제정신이 아니라는 것을, 이미 알 만한 사람은 다 알고 있었으므로 애써 감출 필요가 없었다.

그 뒤로 아빠는 좋아졌다, 다시 또 처음으로 돌아가기를 수도 없이 반복했다. 물론 지금까지도.

그때쯤, 나는 생각을 털어 냈다. 저편 길 아래에서 누군가 뛰어

오고 있었기 때문이다. 철민이였다.

"신우야! 강신우우우우!"

귀에 익은 목소리가 꼬리까지 길게 달고 길 저편에서부터 이편으로 넘어왔다. 나는 장독대 아래로 내려갔다. 그러자마자 철민이 대문을 흔들어 댔다.

"신우야, 헉헉! 문 좀 열어 봐. 신우야!"

나는 문을 열었고, 그러자마자 철민이 숨을 몰아쉬며 말했다.

"왜? 뭔 일이라도 난 거야?"

"왜라니? 우리 본부가 지금 난장판이란 말이야."

"혹시 명호가…?"

짐작 가는 데가 있어서 곧바로 물었다. 그러자 대답이 빠르게 되돌아왔다.

"응. 내가 뭐랬어? 명호가 3학년 형들을 데려왔어. 그 형들 담배도 피워! 이제 자기들이 거기를 접수하겠대."

"접수? 그게 뭐야?"

"뭐긴? 자기들이 차지하겠다는 거지. 그리고 명호를 대장 시킨댔어."

"저, 정말이야? 그런 게 어딨어? 누구 맘대로?"

"그러니까, 빨리 가 보자니까. 그렇지 않아도 그 형들이 다른 애들한테 앞으로 명호를 대장으로 부르라고 했어. 안 그러면 국물도 없대."

그 말을 듣는 순간, 당장이라도 대문 밖으로 달려 나가고 싶었다. 하지만 그럴 수 없었다. 나는 문을 막아선 채 건넌방 쪽을 힐끔거렸다.

"안 갈 거야?"

내가 꾸물거리자 철민이 재촉하며 팔을 끌어당겼다. 하지만 나는 일단 그 손길을 뿌리쳤다. 아무래도 아빠를 혼자 두고 가서는 안 될 것 같아서였다.

"지, 지금은 안 돼. 먼저 가 있어. 곧 뒤따라갈게."

"왜? 지금 난리 났대도!"

"알았다니까! 먼저 가라고! 금방 갈 거야! 어서!"

그러자 철민은 고개를 갸웃거리면서 뒤로 물러났다.

나는 일단 힘을 주어 대문을 닫았다. 그 너머에서 철민이 말했다.

"빨리 와야 해! 알았지?"

그리고 잠시 후, 타박타박 뛰어가는 발소리가 들렸다. 나는 속으로 열까지 센 뒤에, 대문을 열어 철민이가 있는지 없는지 확인했다. 철민은 이미 언덕 아래로 내려간 뒤였다.

나는 다시 대문을 닫아걸고, 돌아섰다. 그리고 건넌방 쪽마루에 앉아 방 안을 향해 말했다.

"아빠! 여기서 꼼짝 말고 있어야 해요. 알았어요? 나 본부에 갔다 올 거예요. 본부 알죠? 고지를 사수해야 한다고요. 저 베트콩 같은 놈들이 우리 고지를 차지하려 해요. 그러니까 어디 가면 안 돼요. 알았죠? 한 시간만요. 그때까지 가만히 있어야 해요. 제발요!"

그리고 나는 일어났다. 재빨리 대문을 열었다. 하지만 잠시, 멈추어 다시 뒤를 돌아보았다. 영 발걸음이 떨어지지 않았다. 그러나 아무리 생각해도 방법이 없었다. 나는 얼른 대문을 나서서 문을 꼭 닫은 다음, 언덕 아랫길로 달려 내려가기 시작했다.

삼거리 김제쌀상회 앞을 내달린 다음, 학교 쪽으로 가다가 진선미사진관을 끼고 골목길로 내달렸다. 거기서 다시 언덕이었다. 그 길을 걷다가 뛰다가 했다. 금세 오솔길이 나왔다. 그즈음에서 나는, 내 것을 하나씩 뺏어 간다던 유미의 말이 다시 생각났다. 그러자 명호란 놈이 더더욱 괘씸해서 견딜 수가 없었다.

"이 자식이 감히 우리 본부를…?"

아무리 생각해도 이건 도저히 양보할 수가 없었다.

납작개구리산 중턱에 예비군 아저씨들이 파 놓은 방공호가 있었다. 아이들과 함께 매미를 잡으러 다니다가 발견했는데, 오래도록 사용하지 않는 것 같았다. 나무들 사이에 가려져 있어서 숨어 놀기 딱 좋은 곳이어서 아지트로 삼기로 했다. 나는 아이들과 함께 바닥엔 마른 풀을 깔고 굵은 소나무 가지를 얼기설기 엮어서 천장을 만들었다. 그뿐만 아니라 시내 쪽으로 가는 길목 아파트 공사장을 기웃거리면서 인부 아저씨들이 쓰다 버린 스티로폼과 타일, 판자 등을 가져왔다. 바닥에는 타일을 깔고 그 위에 스티로폼을 덮었다. 천장을 판자로 가려 놓으니 비가 와도 끄떡없었다. 거기에 만화책을 가져다 놓았고, 내다 버린 솥을 주위 와 화로를 만들어 추울 때는 불도 땠다. 그곳을 본부라 불렀다. 그때가 국민학교 5학년 무렵이었고, 아이들은 이 무렵부터 나를 대장이라고 불렀다.

'어떻게 만든 본부인데…!'

나는 혼자 중얼거리면서 부지런히 납작개구리산을 올랐다.

얼마 지나지 않아, 막 새순이 돋기 시작한 이파리들 사이로 본부가, 아니 그 주위에 뽀얀 연기가 먼저 눈에 들어왔다. 나는 그게 담배 연기라는 걸 한눈에 알아챘다. 그걸 보자 마음이 더 급해졌다. "형들이 담배도 피워"라고 말하던 철민의 목소리가 생각나서였다.

나는 한달음에 내달았다. 본부 주위에 낯선 형 두 명이 서성대고 있었다. 학교에서 싸움 좀 한다는 형들이었다. 1~2학년 아이들 돈을 뺏는다는 소문도 있었다. 나는 그 둘과 눈이 마주치는 순간, 주춤거렸다. 그 바람에 저절로 걷는 속도가 줄었다. 그러나 그 순간, 땜통 형이 침을 퉤 뱉더니 말했다. 손을 까닥거렸다. 나는 머뭇거리다가 찬찬히 다가갔다.

"너 뭐냐?"

가까이 다가가자 땜통 형 옆에 있던 짱구 형이 물었다. 키가 멀대같이 컸고 앞이마가 유독 튀어나와 있었다.

"여기 우리 본부인데요?"

"뭐래, 이 난쟁이 똥자루만 한 자식이! 야, 명호야!"

당장 꿀밤이라도 먹일 기세로 손을 들어 올리더니, 짱구 형이 뒤를 돌아보면서 소리쳤다. 그러자마자 본부에서 명호가 튀어나왔다. 그 뒤를 따라 정표와 또 다른 아이 둘이 슬그머니 모습을 드러냈다. 그러자 짱구 형이 명호를 제 바로 앞에 똑바로 세우고 말했다.

"잘 들어! 이제부터 대장은 명호다. 알았어? 그리고 앞으로는 여기 드나들 때, 나한테 허락받아. 내가 없으면 명호한테 허락받고."

아무도 대꾸하지 않았다. 나도 무어라 대답할 수가 없었다. 형들한테 대들 용기가 나지 않아서였다. 그런데 그때, 땜통 형이 말했다.

"자, 이제 명호한테 대장이라고 해 봐."

"…."

"해 보라니까. 어차피 명호가 반장이잖아."

아무리 그래도 나는 그럴 수는 없었다. 억울하다는 표정으로 땜통 형을 쳐다보았다. 그 옆에 명호가 멀뚱멀뚱 서 있었다. 그러나 나는 틀림없이, 놈이 입술을 씰룩거리는 것을 보았다. 억지로 숨기고 있었지만.

"야, 안 해?"

땜통 형이 다시 소리쳤다. 그러자마자 나는 오기가 생겼다.

"싫어요. 그리고 여긴 우리가 만들었어요. 우리 본부란 말이에요."

"그래도 이제부터는 우리 거야. 그러니까 이제 시키는 대로 해. 그리고 네가 왜 대장이야? 싸움을 그렇게 잘해?"

"얘네 아빠가 월남전 참전 용사예요. 베트콩이랑 싸워서 이겼대요. 사진도 봤어요."

땜통 형의 말에 철민이 끼어들었다. 하지만 그 말에 짱구 형이 피식 웃었다.

"아, 나 쟤네 아버지 알아. 월남 갔다가 미쳐서 돌아왔다며?"

헉!

순간 나는 심장이 얼어붙는 기분을 느꼈다. 꽉 쥐고 있던 손에서 힘이 풀렸고, 다리가 후들거렸다. 신우는 고개를 떨어뜨렸다.

그때 땜통 형이 한마디 거들었다.

"밤낮으로 동네 시끄럽게 소리 지른다는 게 쟤네 아빠야?"

주위에 몰려섰던 아이들이 웅성댔다. 고개를 숙이고는 있었지만, 바로 옆에 서 있던 정표가 고개를 끄덕이는 게 보였다.

"아니야. 아니라고! 우리 아빠는 그냥 아픈 거라고!"

"그게 그거야! 그리고 보니 나도 우리 엄마한테서 들은 거 같아. 무슨 작전에 실패하고 도망쳤다며? 그런데도 네가 무슨 대장이야!"

나는 소리를 빽 질렀지만, 땜통 형은 그러거나 말거나 비웃는 표정으로 되받아쳤다. 나는 더 할 말이 없었다.

그러고 있을 때, 땜통 형이 웅성대는 아이들을 향해 말했다.

"야, 너희! 누가 대장 해야겠어? 쟤네 아빠는 미쳐서 돌아왔고, 명호네 아빠는 인천항 도크 건설 기술자야. 대통령이랑 찍은 사진도 있어. 너희도 봤지?"

땜통 형의 기세에 눌린 걸까. 아이들은 한둘씩 고개를 끄덕였다. 그걸 기다렸다는 듯, 짱구 형이 한마디 던졌다.

"그리고 말이 나왔으니 말인데, 저 안에 타일이랑 스티로폼 어디서 가져왔어? 아파트 공사장에서 훔친 거지? 어쩌면 너나 너희 아빠랑 똑같냐?"

"뭐라고요?"

"궁금하면 너희 아빠한테 물어보던가. 참전 용사는 무슨! 그냥 도둑…. 아니다. 됐다! 어쨌든 인제 그만 좀 하고 꺼져 줄래?"

알 수 없는 말을 하면서 짱구 형이 내 어깨를 툭 쳤다. 나는 얼결에 뒤로 두어 걸음 물러났다. 무슨 말이냐고 되묻고 싶었지만 그럴 틈이 없었다.

"왜? 억울해? 억울하면 또 너희 아빠를 불러 보던가! 응?"

내가 버티려 하자 짱구 형이 윽박지르듯 말하며 더 거칠게 나를 밀어냈다. 결국 나는 뒤로 넘어지고 말았다. 게다가 엉덩이에 무언가 물컹한 것이 닿는 느낌이 들었다. 얼른 더듬으며 돌아보니 개똥이었다. 여기저기 개똥 천지였다.

"푸하하하!"

땜통 형과 짱구 형이 배꼽을 잡았다. 다른 아이들도 실실 웃었다. 나는 얼른 일어나 손에 묻은 개똥을 토끼풀에 닦았다. 그리고 돌아섰다. 웃는 소리가 계속 들렸고, 눈물이 났다. 옷소매로 눈물을 훔쳤더니, 개똥 냄새가 났다. 그즈음, 땜통 형의 한마디가 뒷머리를 때렸다.

"야, 지난번처럼 정신 나간 너희 아빠한테 가서 이르던가! 푸하핫!"

그 말에 나는 뒤를 돌아보았다. 나도 모르게 아빠를 찾고 있었다. 늘 꿈에서 그랬던 것처럼 아빠가 나타나기를 기다렸다. 하지만 아빠가 있을 리 없었다.

공연히 아빠가 원망스러웠다. 엄마가 했던 말이 머릿속에 맴돌았다. 그토록 총명하던 양반이 어찌 이리 모지리가 되어 돌아왔소, 라던 원망 섞인 말이 자꾸만 떠올랐다. 그럴수록 눈물이 더 많이 나서, 빨리 걸을 수가 없었다. 뒤쪽에서는 여전히 아이들의 왁자한 소리가 끊이지 않았다.

미행

…어느 때쯤 딱, 하는 소리가 연이어서 들렸다. 얼른 돌아보니, 땜통 형이 이마를 감싸며 비틀거렸다. 순간 또 한 번, 딱 소리가 들렸고, 이번에는 짱구 형이 목덜미를 붙잡고 바닥에 주저앉았다. 나도 놀라서 주위를 돌아보았지만, 아무것도 보이지 않았다. 빼곡한 나무들 사이에 무엇이 있는지 알 길이 없었다. 그러는 사이에도 땜통 형과 짱구 형은 연이어 비명을 질러 댔다. 무언가 날아와 두 사람의 머리와 목덜미와 가슴과 배를 연이어 때렸다. 다른 아이들은 두리번거리면서 본부 뒤편으로 우르르 물러났다.

결국 땜통 형과 짱구 형도 본부 뒤편으로 숨었다. 나는 본부 쪽으로 다시 걸어가 소나무 뒤에 몸을 감추고 앞쪽을 살폈다. 그때, 어디선가 바스락거리는 소리가 들리는 듯하더니, 붙잡고 있던 소나무 위에서 누군가 슬그머니 내려왔다.

아빠였다.

아빠는 군복을 갖추어 입고, 얼굴에는 검은 칠을 하고, 몸에는 나뭇가지며 풀을 잔뜩 꽂아 위장하고 있었다. 새마을 운동 모자와 흰색 고무신만 빼면, 사진에서 보던 모습과 흡사했다.

내가 어정쩡하게 서 있는 사이, 아빠가 내 앞으로 나섰다. 그러더니 내게, "자, 여기서 나를 엄호하십시오. 제가 외치면 적진을 향해 달리는 겁니다"라고 말했다. 아빠는 내게 새총을 내밀었다. 그것은 아빠가 월남으로 떠나기 전에 만들어 준 새총이었다. 내가 새총을 받아 들자 아빠는 주머니에서 도토리를 잔뜩 꺼내 놓았다. 그제야 나는 형들이 비명을 지르며 달아난 이유를 알아차렸다.

"돌격, 앞으로!" 아빠가 앞서서 달렸다. 그와 동시에 나도 뛰었다. 그러자마자 본부 쪽에서 땜통 형과 짱구 형도 튀어나왔다. 형 중 하나가, "따이한이다, 막아!"라고 소리를 질렀다. 그러더니 돌멩이를 집어 던지기 시작했다. 아빠는 그들을 피해 엎드리더니 새총으로 땜통 형을 쏘았다. 이번에도 딱 소리와 함께 도토리가 땜통 형의 이마에 맞았다. 아니, 연이어 쏘아 대는 아빠의 새총에 땜통 형도, 짱구 형도 고개를 들지 못했다.

나는 그 뒤를 바짝 따랐다. 그리고 아빠가 준 도토리로 짱구 형을 향해 쏘았다. "아얏, 악!"이라는 비명이 연이어서 들렸다. 그걸 보고 자신이 생겼다. 나는 앞으로 내달리며 아빠처럼 쉼 없이 새총을 쏘아 댔다. 그러자 땜통 형과 짱구 형도 무언가 닥치는 대로 주위 던지기 시작했다. 자잘한 자갈돌이 날아왔고, 부러진 나무 조각도 날아왔다. 그 옆에서 명호와 또 다른 아이들도 연신 뭔가를 집어 들었다. 그때 아빠가 다시 외쳤다.

"적의 저항이 만만치 않습니다. 수류탄으로 적의 참호를 폭파해야겠습니다." 그러더니 아빠는 제 가슴을 더듬다가 옆에 있던 무언가를 집어 들었다. 아, 뜻밖에도 그것은 내가 깔고 앉았던 개똥이었다. 아빠는 그것을 냉큼 집어 들더니 계속 던졌다.

"우아아아아아악!"

가만히 살펴보니, 아빠가 던진 개똥이, 한 번은 땜통 형의 얼굴에, 연이어 던진 개똥은 명호의 가슴팍에 맞았다. 그러자마자 녀석이 울음을 터트렸다.

그때, 다시 한 번 아빠가 외쳤다. "돌격, 앞으로! 1분대는 선봉에서 적진을 돌파하라. 항복하는 적군과 민간인은 보호하라. 돌격, 앞으로! 백병전이다!" 이어 아빠가 앞으로 달려 나갔다. 그러자마자 짱구 형과 땜통 형이 혼비백산해 도망쳤다. 그 뒤를 명호와 여러 명의 아이가 따라갔다. 나머지 두 명의 아이는 이러지도 못하고 저러지도 못한 채 그 자리에서 멍하니 서 있었다.

아빠는 달아나는 두 형과 명호를 향해 쉬지 않고 새총을 쏘아댔다. 나도 덩달아 따라 했다. 손끝에서 날아간 도토리가 연신 세 사람의 등과 뒷머리를 때리는 게 보였다. 결국 본부를 차지했던 동네 불량배 형들은 모두 달아나 버렸다.

아빠는 그 아이들의 뒷모습이 완전히 사라지자, 나에게 거수경 례를 했다. "중대장님, 고지를 탈환했습니다!" 그러자 명호와 남아 있던 아이들이 나를 향해 아빠랑 똑같이 거수경례를 했다. 나는 씩 웃으면서, 이번에도 아빠를 따라 했다.

"최고야! 우리 대장." 내가 이마에 붙였던 손을 내리자, 아이들 이 일제히 말했다. 그러면서 엄지손가락을 치켜들었다….

그때, 꿈 바깥의 소리가 들렸다.

"쟤는 어째 웃는 모습은 즈이 애비랑 똑 닮았네."

"왜 아니래요. 아기 때는 모르겠더니, 점점 커 가면서 판박이네 요, 판박이!"

그게 누구에게 하는 말인지 알 수 없었지만, 그즈음 나는 꿈에 서 깨어났다. 동시에 옆에 앉아 있던 철민이 자꾸만 팔을 잡아당겼 다. 돌아보니, 철민이는 입으로는 쫀드기를 질겅질겅 씹으면서 만 화방 계산대 쪽을 턱으로 가리키고 있었다.

계산대 옆을 쳐다보았다. 벽에는 마이크를 붙들고 서 있는 가수 사진이 커다랗게 붙어 있었다. 그 아래에 만화방 주인아줌마와 화 장품 외판원 아줌마가 나란히 앉아 쑤군대고 있었다. 이쪽을 힐끔 거리는 걸로 보아, 조금 전 귓속을 파고들어 온 말들이 나를 두고 하는 것임을 어렴풋이 짐작할 수 있었다.

하지만 대꾸할 수도 없는 말이라, 나는 입가에 흐른 침을 닦고 바로 앉았다. 만화방의 구석진 자리임에도 옆쪽 창에서 들어오는 햇살 때문에 잠이 든 모양이었다. 나는 기지개를 켜고, 옆에 놓여 있던 만화책을 집어 들었다.

"만화방에는 네가 가자고 해 놓고 왜 이렇게 잠만 자?"

철민이가 낮은 목소리로 물었다. 나도 왜 그랬나, 싶어서 그냥 히죽 웃고 말았다. 집에서 숙제나 하겠다는 걸 굳이 끌어낸 것도 나였고, 본부에 다시 가 보자는 철민이에게 삼거리 만화방에나 가자고 뀐 것도 나였다. "거기 가면 또 담배 피우는 형들 있을 텐데, 뭘 하러 가?" 했다. 나흘 전의 일이 생생해서 퉁명스럽게 말하고 말았다. 물론 머릿속에는 내내 본부에서 있었던 일이 떠돌아다니고 있었지만. 하긴 어떻게 모르는 체한단 말인가. 억울해서 잠이 오지 않을 지경인데.

아, 그래서 그렇게 매일 잠을 설쳤나 보다. 그날 이후로 자꾸만 본부에서의 일이 떠올랐다. 버리려 해도 되살아나서 누웠다가도 벌떡 일어나곤 했다. 잠이 든 뒤에도 자꾸 나쁜 꿈만 꾸었다. 그래서 아빠를 원망하기도 했다. 아빠가 멀쩡하게 돌아왔어도 이런 일이 생겼을까, 하고.

'그래! 왜일까? 아빠는 왜 그런 모습으로 돌아온 걸까. 다른 사람들은 훈장도 달고, 1계급 특진도 하고, 꽃다발 겹겹이 목에 걸고, 늠름한 모습으로 돌아왔는데, 왜 아빠는 바보가 되어서 돌아온 걸까.'

모를 일이었다. 어쨌든 그래서 아빠가 꿈에서도 그런 모습이었을 것이란 생각이 들었다.

나는 휴, 하고 긴 숨을 내쉬었다. 그때, 철민이 물었다.

"그런데 넌 무슨 꿈을 꾸었길래 그렇게 계속 히죽댄 거야?"

"내가?"

조금 전에 꾸었던 꿈의 내용이 생생한데도 나는 모르는 체하고 오히려 되물었다. 그러자 철민이가 눈을 동그랗게 뜨고 나를 쳐다보았다.

"아, 아무것도 아니라고!"

나는 일부러 짜증스러운 듯한 말투로 내뱉었다. 그리고 손에 쥐고 있던 만화책을 아무 데나 펼쳤다. 거기에는 탁구공만 한 주인공 독고탁이 있는 힘껏 공을 던지는 모습이 그려져 있었다. 하지만 읽던 곳이 거기가 맞는지 기억이 나지 않았다. 아니, 그게 중요한 건 아니었다. 어차피 〈내 이름은 독고탁〉은 열 번도 더 넘게 보았으니까.

하지만 그럼에도 불구하고, 펼쳐진 곳이 무슨 내용인지 순간적으로 기억나지 않았다. 이미 머릿속에는 조금 전 꿈에서 펼쳐진 장면이 가득 들어차 있었기 때문이다. 그런데 이상한 건, 틀림없이 본부를 다시 찾는 내용이었는데, 그다지 시원하지 않았다. 기분 좋게 웃긴 했는데, 눈을 떠 보니 정반대의 현실이어서 그런 걸까.

"에휴!"

나도 모르게 한숨을 내쉬면서 고개를 저었다. 이건 아니야, 라고 나도 모르게 속으로 되뇌었다. 그런데 하필이면 그때, 카운터에 앉아 있던 화장품 아줌마와 눈이 마주치고 말았다. 아줌마는 빨간 칠을 한 입술을 오물거리며 껌을 씹다가 나를 마주한 순간, 딱, 소리를 냈다. 그 바람에 나는 제풀에 옴씰 놀랐다. 그때를 기다리기라도 한 걸까. 아줌마가 물었다.

"애, 요즘 네 아빠 일 나가시니? 이제 돈 벌러 다니는 거야? 좋아지신 거냐고?"

아줌마는 그러면서 오른쪽 집게손가락으로 제 머리를 가리켰다. 그 바람에 나는 얼결에 인상을 쓰고 말았다. 그러나 그뿐이었다. 무어라고 대답하지는 못했다. 그러자 화장품 아줌마는 곧바로 뒷말을 달았다.

"그래. 뭐 어지간하면 일해야지. 몸 쓰는 일이니까, 뭔 일이 있겠냐마는…."

"좋아지긴 뭘 좋아졌다고 그래. 몸에 생긴 병도 아닌데, 그게 무슨 수로 금방 좋아져? 어떻게 일을 해?"

"아니라니까! 내가 아파트 공사장에서 봤다니까! 그것도 두 번이나! 뭘 잔뜩 짊어지고 나오던데?"

"에이, 잘못 봤겠지? …신우야, 맞니?"

내가 끼어들기도 전에 만화방 주인아줌마가 나서서 알 수 없는 말을 주고받았다. 그러더니, 나중에는 나를 똑바로 쳐다보며 물었다. 물론 대답하지 못했다. 아빠가 일을 한다니? 어림도 없는 말에,

결국 나는 살며시 고개를 저었다.

그럴 리가 없었다. 아빠는 한동안 간간이 새벽에 아침 청소를 한다고 나간 적은 있었다. 언덕길 눈도 곧잘 치우기는 했다. 그러나 이따금 있는 일이었고, 요 며칠은 더더욱 아니었다. 엄마 말대로, 아빠는 다시 건넌방에 틀어박혀 알 수 없는 말을 웅얼거렸다. 새벽녘에는 또 소리를 지르며 잠에서 깨어나곤 했다. 그럴 때마다 엄마가 부리나케 건넌방으로 건너가기도 했다.

그처럼 아빠는 좋아졌다가 나빠지기를 수시로 반복했다. 그런 아빠가 일을 한다고? 물론, 아무도 돌보지 않는 사이에 밖을 나다닐 수는 있었다. 그렇다고 일을 할 정도는 아니었다.

그런데 문득 나는 거기서 나도 모르게 고개를 저었다.

'아파트 공사장이라니?'

나는 아줌마의 말을 떠올리며 나도 모르게 속으로 중얼거렸다. 그리고 또 하나의 기억을 떠올렸다. 짱구 형이 그랬다. 아빠가 도둑이라고. 말을 하다가 말았지만, 분명히 그 말을 내뱉었다.

이상한 생각이 들었다. 그 바람에 나는 벌떡 일어났다.

"왜? 가려고? 좀 있으면 〈형사 콜롬보〉 할 텐데? 〈수사반장〉도 재방송한댔어."

명호가 옷소매를 잡았다. 둘 다 내가 좋아하는 연속극이었다. 하지만 나는 그러거나 말거나 만화방 바깥으로 나왔다.

"야, 어디 가? 나도 따라가?"

"아니야. 넌 집에 가. 난 갈 데가 있어."

난 돌아서서 분명하게 말했다. 그리고 삼거리에서, 학교로 가는 길 반대쪽으로 걸음을 재촉했다.

한참 동안 큰길로 걷다가 나는 연탄 가게 옆 골목으로 꺾어졌다. 아파트 공사장으로 가는 지름길이었다. 양쪽 집 담장 사이가 두 사람이 겨우 비껴갈 만큼 좁은 길이었지만, 큰길을 돌아가는 것보다 두 배는 빨랐다.

나는 가파른 계단을 올랐고, 왼쪽으로 휘어진 골목을 따라 뛰었다.

'아빠가? 아빠가 정말로 돈을 벌러 다녔다고?'

나도 모르게 그렇게 물으면서 골목을 부지런히 빠져나갔다. 하지만 골목을 다 빠져나왔을 때는 또 다른 생각이 머릿속을 어지럽혔다.

'아빠가 도둑이라고?'

그런 질문을 다섯 번쯤 해 댔을 때, 다시 큰길이 나타났다. 그러자마자 저편 앞에 아파트 공사장이 보였다. 얼추 4~5층 높이까지 치솟은 건물의 뼈대가 눈에 들어왔고, 그 앞쪽 입구 한쪽에, '원주시 최초의 아파트, 새로운 주거 공간을 만들어 드립니다'라는 현수막이 바람에 들썩이고 있었다.

나는 단숨에 입구까지 내달았다. 하지만 더는 나아가지 못하고 안쪽을 힐끗거렸다. 레미콘 트럭과 흙을 실은 트럭이 자주 지나다

넜다. 안쪽에는 흰색 안전모를 쓴 아저씨들이 쉴 새 없이 오갔다. 그렇게 지나다니는 사람들의 얼굴을 하나씩 눈여겨보았다.

하지만 아빠의 모습은 보이지 않았다. 보고 또 보아도 아빠 같은 사람은 없었다. 그래도 마음이 놓이지 않아, 계속 서성거리며 지나는 사람들을 살폈다. 30분, 아니 한 시간을 기웃거렸는데도 마찬가지였다. 조급한 마음에 공사장 안으로 들어가 볼까도 싶었지만, 용기가 나지 않았다. 더구나 공사장 출입구에서 오가는 트럭에 수신호를 보내던 아저씨가 나를 향해 손을 홰홰 내저었다. 저리 가라는 뜻이었다. 별수 없이 나는 뒤로 멀찍이 물러났다.

나는 한참 만에 돌아섰다. 그리고 집으로 돌아가는 길 쪽으로 방향을 잡았다. 천천히 걸으면서 자꾸만 뒤쪽을 힐끔거렸다. 머릿속이 복잡해졌다.

'누구의 말이 맞는 걸까?'

나는 스스로에게 그렇게 물었다. 그런 다음, 화장품 아줌마의 말을 떠올렸고, 짱구 형의 말도 되짚었다. 화장품 아줌마의 말대로라면 아빠가 '일을 하는 중'이었고, 짱구 형의 말이 맞는다면 아빠는 아파트 공사장에 물건을 훔치러 다니는 거였다. 어쨌든 아빠가 아파트 공사장을 돌아다닌 것은 맞는 듯 보였으니까.

하지만 어느 편이든 그게 가능할까, 싶은 생각이 들었다. 처음보다 많이 좋아졌다고는 하지만, 정신이 오락가락하는 아빠가 할 수 있는 일인지 판단할 수가 없었다.

그런 생각을 하다가, 또 멈추어 서서 뒤를 돌아보았다. 공사장이 멀리 보였다. 이제 골목으로 들어가면 공사장은 보이지 않을 거였다. 그래서일까. 나는 조금 더 그편을 지켜보면서 서 있었다.

　그런데 그즈음이었다. 멀찌감치서 스피커 소리가 났다.

　"지금부터 국기 강하식을 거행하겠습니다. 경건한 마음으로 국기를 향해 주시길 바랍니다."

　그리고 곧바로 애국가가 울려 퍼졌다. 나는 두리번거리다가, 아파트 공사장 쪽에 태극기가 걸려 있던 게 기억이 나서 그쪽을 향해 섰다. 교복도 입지 않았고, 교모도 쓰고 있지 않았으므로 오른손을 들어 가슴에 댔다. 기분 탓인지도 모르겠지만, 다른 때보다 심장이 더 빨리 뛰는 게 느껴졌다. 그게 왠지 기분이 좋지 않아서 손을 가슴에서 살짝 떼었다.

　바로 그때였다. 골목 바깥에서 이쪽으로 낯익은 그림자 하나가 들이닥쳤다. 무언가를 잔뜩 짊어진 채 고개를 잔뜩 수그린 채였다. 유독 초록색의 새마을 모자가 선명하게 보였다. 도대체 어떤 사람이, 애국가가 울려 퍼지는데도 멈추지 않고 저렇게 막 걸어오고 있는 걸까, 싶었다.

　하지만 다음 순간, 나는 숨을 딱 멈추고 말았다.

　아!

　나도 모르게 소리를 냈다. 아빠가 틀림없었다.

　'아빠는 왜 멈추지 않는 거야? 방 안에 태극기까지 걸어 놓고 툭

하면 그것만 쳐다보는 사람이? 정신 줄을 놓았어도 아침마다 태극기에 거수경례했잖아.'

아니, 그게 중요한 게 아니었다. 길을 막은 채 아빠와 마주쳐서는 안 될 것 같았다. 그런 생각이 들자, 나는 얼결에 몸을 움직였다. 하지만 아직 애국가가 연주 중이어서 머뭇거렸다. 나는 사방을 돌아보았다. 순간, 왼편 담벼락에 〈영자의 전성시대〉라는 제목의 영화 포스터가 눈에 띄었고, 그 옆으로 녹이 잔뜩 슬어 있는 철제 계단이 보였다. 나는 재빨리 그리로 올라갔다. 그리고 실터에 기대 숨을 죽였다.

잠시 후, 아빠가 철제 계단 아래로 지나갔다. 가쁜 숨소리를 냈다. 외질빵이라 더 그런지 몰라도 짊어진 포대가 꽤 무거운 모양이었다.

'설마….'

나는 침을 꿀꺽 삼켰고, 아빠가 완전히 지나간 뒤에, 계단에서 내려왔다. 나는 적당한 거리를 두고 아빠의 뒤를 따랐다. 머릿속에서 별별 생각이 다 돌아다녔다. 운동장을 두 바퀴쯤 뛰고 났을 때처럼 가슴이 두근거렸다. 그래서 자주 길게 숨을 몰아쉬어야 했다.

아빠는 내가 달려왔던 골목길로 계속 나아갔다. 그러더니 뜻밖에도 점박이 할머니 집 앞에서 멈추었다. 그러고는 안쪽을 잠시 살피더니, 마치 제집인 양 자연스럽게 안으로 들어갔다. 얼마 전 내가 개똥을 채변봉투에 담을 때처럼 강아지가 두어 번 짖다가 말았다.

나는 재빨리 점박이 할머니 집 앞으로 내달았다. 그리고 그 안을 엿보았다. 아빠가 점박이 할머니네 골마루에 앉은 채 짊어지고 온 물건들을 하나씩 꺼내 놓았다. 타일 조각, 전등 스위치, 뒤엉킨 전선은 물론, 망치와 톱까지 나왔다. 모두 아파트 공사장에서 나오는 물건들이었다. 아, 그러고 보니 집 한쪽 구석에 세워져 있는 스티로폼과 길고 짧은 판자와 각목들까지 내가 아파트 공사장에서 하나둘씩 훔쳐 내 본부를 치장하던 물건들이었다.

하아!

나는 낮은 숨을 길게 내쉬었다. 아빠는 포대에서 물건을 다 꺼내 놓은 다음, 새마을 모자를 벗어 부채질했다.

'정말 아빠가 도둑이었던 거야?'

나는 뛰는 가슴에 손을 올려놓았다. 그래도 심장은 멈추지 않고 더 빨리 뛰었다.

배신

"만화방 갈래? 오늘 《새소년》 신간 들어오는 날이라던데. 5시부터 프로레슬링도 보고. 김일이랑 이노끼 나오는 거 알지?"

종례가 끝나자마자 벌떡 일어서는데, 철민이 내 팔을 붙잡으며 말했다. 말 끝에 박치기하는 모양까지 흉내 냈다. 그 말에 나는 잠깐 마음이 흔들렸다. 《새소년》에 연재되는 〈불타는 그라운드〉는 나중에 본다고 쳐도, 김일의 박치기는 그냥 지나칠 수 없지 않은가. 이노끼가 한 방에 나가떨어지는 장면이 얼마나 시원한데!

하지만 나는 철민의 손을 냉정하게 뿌리쳤다.

"아니! 약속 있어. 너도 일찍 집에 가. 레슬링 하는 날이면 만화방에도 사람 많을 거 아니야?"

"안 되는 거 알잖아. 배치고사 때보다 7등이나 떨어졌어. 아빠가 가만 안 둘 거야. 너야 1등 했으니까 괜찮겠지만…."

철민이 부럽다는 듯 말했다. 뒷말을 다 맺지 못하고 삼키는 건 섭섭하다는 뜻일 테다. 물론 의리를 지키려면, 녀석과 함께 늦게까지 만화방에 처박혀 쫀드기랑 어묵을 사 먹으며, 뽑기도 한번 하고, 만화책 보다가, 레슬링을 보는 게 맞지 싶었다. 게다가 나야 언제 집에 들어가도 상관없었다. 1등 했으니까.

하지만 오늘은 그럴 수 없었다. 1등을 하면 유미랑 함께 떡볶이를 먹으러 가기로 했기 때문이다. 모의고사를 앞두고 유미랑 서너번 함께 시험공부를 했는데, 그때 유미가 그랬다. "너 1등 하면 내가 떡볶이 사 줄게. 아카데미극장 앞에 떡볶이집 새로 생겼대. 우리 반 애들이 다녀왔는데 맛있다더라"라고.

물론 그런 이유로 미친 듯이 공부한 건 아니었다. 유미 말대로 명호에게 더 빼앗길 수는 없었으니까. 놈한테 다 뺏기더라도 1등은 내줄 수 없었다. 물론 유미가 놈과 더 친해지는 것도 두고 볼 수 없었고.

나는 교복 윗주머니에 성적표를 두 번 접어 넣은 다음, 철민의 어깨를 두 번 두드리고 교실을 나섰다. 아니, 그러기 직전 명호의 뒤통수를 한번 쳐다보는 것을 잊지 않았다. 그런 다음에는 뛰듯 복도로 나왔다.

물론 딱히 시간 약속을 한 건 아니지만 나는 급한 마음에 얼른 운동장을 가로질렀다.

그랬다. 나는 3월 모의고사에서 1등을 했다. 조금 전, 종례 시간에 선생님이 나를 불러내 교탁 앞에 세운 뒤에 말했다. "우리 반 1등은 강신우! 전교에서는 5등이야. 자, 박수!" 동시에 선생님은 내 모의고사 성적표를 흔들었다. 아이들은 손뼉을 쳤고, 철민이와 몇몇 아이들은 책상을 두드리기도 했다. 나는 어깨를 으쓱했다. 그러면서 중간쯤 자리에 앉아 있는 명호를 쏘아보았다.

물론 그때, 놈은 아니꼬워서 어쩔 줄 모르겠다는 표정이었다. '그래서, 뭐 어쩌라고?' 마치 그렇게 말하고 있는 듯했다. 그럴수록 나 역시 놈에게서 시선을 떼지 않았다. 그러자 어쩔 수 없었는지 명호는 다른 아이들처럼 요란스럽지는 않지만, 그래도 느릿느릿 손뼉을 쳤다. 표정은 끝끝내 떨떠름해 보였다. 그래서 나는 일부러 더 티가 나게 미소를 지었다. '거봐. 다른 건 몰라도 공부는 안 돼! 네가 백날 과외를 해 봐라. 나를 이길 수 있나.' 나는 속으로 말했다. 그러자 마음이 조금은 느긋해졌다.

자리로 돌아오는 동안에도 나는 명호를 힐끗거렸다. 물론 녀석은 나를 쳐다보고 있지 않았지만, 나는 놈의 속이 꽤 쓰릴 것으로 생각했다. 그래서 적잖이 통쾌했고, 나는 스스로를 칭찬하기로 했다. 왜냐하면 시험공부를 해야 하는 시간에도 아빠를 몇 번이나 더 미행했고, 그렇게 시간을 빼앗기면서도 1등을 해낸 것이니까. 하긴 그 시간을 보충하느라 3일 밤을 꼴딱 새우긴 했다.

어쨌든 나는 모처럼 몸과 마음이 가벼웠다. 그 덕분에 큰길을 걷다가 뛰다가 했고, 금세 김제쌀상회 앞 삼거리를 지났다. 언덕길도 쉬지 않고 올랐다. 그리고 집에 들어가자마자 가방만 던져 놓고 냉큼 돌아섰다. 하지만 그러다가 잠깐 멈추어 서서 건넌방 쪽을 쳐다보았다. 쪽마루 아래는 워커만 놓여 있었다.

나는 건넌방 쪽으로 두 걸음 나아갔다. 그리고 윗주머니를 만지작거렸다. 아빠에게 성적표를 보여 주고 싶었다. 하지만 나는 곧 고개를 저었다. 아마 알아보지 못할 게 뻔했다. 작년에도 몇 번이나 1등 성적표를 보여 주었는데도 아무런 대꾸도 하지 않았으니까.

아빠가 내 1등 성적표를 보고 기뻐해 준 건 월남에 있을 때뿐이었다. 편지에 써서 보냈는데, 아빠는 하늘을 날 것 같다고도 했고, 한국에 돌아가면 짜장면을 곱빼기로 사 주겠다고 약속했다. 내가 좋아하는 레슬링도 하자고 했다. 하지만 정작 돌아온 아빠는 짜장면도 사 주지 않았고, 레슬링도 하지 않았다. 1등이란 게 무언지도 모르는 것 같았다. 아무리 1등 성적표를 들이밀고 자랑해도 아빠는 눈을 껌벅거리기만 했다. 밖으로 나돌기 시작한 뒤로, 가끔 나를 알아보는 것만도 다행이었다.

나는 몸을 돌렸다.

'괜찮을 거야!'

나는 누가 묻지도 않았는데, 그렇게 중얼거렸다. 제풀에 고개까지 끄덕였다.

괜찮다면 괜찮은 거고, 이상하다면 이상했다. 아빠는 며칠 동안 아무런 이상이 없었다. 끼니때마다 나와서 식구들과 함께 밥을 먹었고, 엄마가 무어라고 하면 희미하게 미소를 짓기도 했다. 고모가 돌아가신 할머니 이야기를 할 때는, 정말 흰 이를 드러내고 웃기도 했다. 그런 걸 보면 또 아무런 문제가 없는 것처럼 보였다.

그런데 그 며칠 동안, 내가 아빠를 점박이 할머니 집에서 발견한 그날 이후에도 아빠는 또 아무도 모르게 몇 번이나 밖을 나다녔다. 나는 두 번이나 더 미행했다. 그때도 아빠는 아파트 공사장 뒷문을 들락거렸고, 거기서 가져온 공사 자재들을 점박이 할머니 집으로 날랐다.

그러고 나면 아빠는 그 집 툇마루에 한참 머물러 앉아 있거나, 할머니네 부엌문을 고쳐 주었다. 방 안에 들어가서 밥을 얻어먹기도 하는 것 같았고, 할머니랑 무슨 이야기를 나누기도 했는데, 그건 알아들을 수가 없었다. 두 사람이 나란히 앉아 있을 때는 한 식구 같아 보이기도 했다. 아, 할머니가 아빠의 손을 잡고 미소를 지으며, "괜찮아, 괜찮아!" 하는 모습도 보았다.

나는 엄마한테 이 일들을 말할까, 하다가 그만두었다. 조금만 더 지켜보아야겠다고 마음먹었다.

나는 생각을 거두고 뒷걸음으로 물러났다. 한번 더 숨을 크게 쉬고 등을 돌렸다. 그리고 대문을 나섰다. 빠른 걸음으로 언덕길 아래로 내려갔다. 어느 곳쯤에 이르자 바람이 불었고, 나뭇가지에 얼마 남지 않은 벚꽃잎 몇 개가 눈앞에 흩날렸다. 얼핏 보니, 점박이 할머니 집에서 날아온 것 같았다. 나는 잠시 멈추어 서서 그쪽을 바라보았다. 그리고 눈앞에서 춤을 추는 벚꽃잎 하나를 후 불어 버리고 다시 잰걸음을 놀렸다.

하지만 나는 삼거리를 저 앞에 두고 다시 그 자리에 멈추어 섰다. 김제쌀상회 앞에 서 있는 까만 자가용이 눈에 띄었기 때문이다. 한눈에 보아도 명호 아빠가 타고 온 자동차였다. 이미 여러 번 그 앞에 세워진 것을 보았고, 거기서 명호가 타고 내리는 것도 서너 번 보았던 터였다.

아니, 정작 내가 우뚝 서서 더 내달릴 수 없었던 것은, 자동차 옆에 유미가 서 있었기 때문이다. 그리고 그 옆에는 명호가 환하게 웃고 서 있었다. 무슨 일일까, 싶어서 나는 조금 더 아래쪽으로 내려갔고, 전봇대 뒤로 몸을 숨긴 채 지켜보았다.

곧 명호가 환한 얼굴로 유미에게 무어라 이야기했고, 자동차 뒷문을 열었다. 유미가 그 안으로 들어갔다. 곧바로 명호도 따라서 그 안으로 들어갔다. 그때쯤 나는 전봇대 밖으로 나왔다. 그리고 나도 모르게 삼거리 쪽으로 조금 더 나아갔다. 거의 동시에 자동차가 내 앞을 휙 지나갔다. 그때쯤 뒷문 창이 스르륵 내려가면서 명호의 얼굴이 잠깐 보였다. 녀석은 씩 웃고 있었다. 그리고 그 안쪽으로 유미의 얼굴이 보였던가….

나는 그 자리에 서서 한동안 움직이지 못했다. 뒤통수를 세게 얻어맞은 기분이었다. 명호는 그렇다 쳐도 유미는 왜 저 차를 탄

걸까. 이전에 이따금 명호가 다른 아이들을 태워 주는 모습을 보긴
했었다. 명호가 태워 준다고 설쳐 댔으니까. 그런데 유미까지?

나는 자동차가 사라진 방향을 오랫동안 보고 서 있었다. 뭘 해
야 할지 몰라서 맥없이 사방을 두리번거렸다.

'분명히 나랑 약속하지 않았나? 틀림없이 성적 발표되는 날이라
고 했잖아. 같은 날 모의고사를 본 유미네 학교도 오늘 성적표를
나누어 준다고 했는데? 혹시 내가 1등 한 줄 모르는 건가? 아니,
그래도 일단 만나기로 했다고. 틀림없이 유미가 그랬단 말이야.'

나는 누군가에게 말하듯 중얼거렸다. 그러고 나자 더 허탈해졌다.

그러나 나는 고개를 저으며 속으로 말했다. '아니야. 그냥 잠깐
태워 달라고 한 거겠지. 금방 다시 돌아올 거야'라고. 그래서 삼거
리 주위에서 서성거렸다. 자동차가 사라진 쪽을 보다가 뒤쪽에서
무슨 소리라도 들리면 돌아보았고, 또 그쪽을 한참 바라보다가 사
소한 인기척이 들리면 고개를 돌렸다. 그러기를 수십 차례 했지만,
명호네 자동차는 다시 나타나지 않았다.

어이가 없었고, 한편으로는 명호 얼굴이 떠오르면서 화가 났다.

"아이, 씨! 송명호 이 개새끼!"

바로 앞에 명호가 있는 것처럼 나는 소리를 질렀다. 그러자마자
옆에서 지나던 우체부 아저씨가 힐끗거렸다. 나는 뻘쭘해서 고개
를 돌렸다. 그 바람에, 얼결에 학교 반대편 길로 걸었다. 그러면서
몇 번이나 뒤를 돌아보았다. 물론 명호네 자동차는 코빼기도 보이

지 않았다.

나는 하릴없이 걸었다. 그러다가 만화방 앞에서 걸음을 멈추었다. 갈 곳이 거기밖에 없었다.

문을 열고 들어가자마자 나는 계산대에서 졸고 있는 주인아줌마에게 돈을 내고 창 쪽 구석진 자리에 가서 앉았다. 그리고 벽 쪽 책장에서 손에 집히는 대로 아무런 만화책이나 꺼내 펼쳤다. 그리고 몇 장을 넘겼다. 그러고 나서야 만화방 안을 둘러보았다. 내가 앉은 대각선 맞은편 쪽에 다른 중학교 학생 세 명이 모여 앉아 저마다 만화책을 보며 키득거리고 있었다. 그 아이들 오른편 벽에 있는 텔레비전을 쳐다보았지만, 문이 닫혀 있었다. 시간을 보니 아직 4시밖에 되지 않았으니, 레슬링을 보려면 두 시간이나 더 기다려야 했다.

"후우!"

나도 모르게 한숨을 내쉬고 만화책을 다시 펼쳤다. 그런데 하필이면 손에 든 만화책이 엄희자의 〈눈물의 앤〉이란 순정 만화책이었다. 누나가 엄청나게 좋아하는 만화였다. 누나는 만화책을 빌려다 볼 때마다 엄희자가 그린 책이 아니면 거들떠보지도 않았다.

쳇!

나는 얼른 일어나 〈눈물의 앤〉을 책꽂이에 다시 꽂고, 이근철의 〈로켓 제작소의 최후〉를 꺼냈다. 사실 오래전부터 '독고탁'보다 이근철의 만화가 좋았다. 독일군을 무찌르는 연합군 비밀 첩보원들의 활약을 그린 만화라서 아빠를 떠올리게 했기 때문이다. 더구나 주인공이 기관총을 들고 쏘는 모습을 볼 때면 더더욱. 무엇보다 주인공이 독일군을 향해 기관총을 쏘면, 그림 위에, 타타타타타타, 라는 글자가 쓰여 있었는데, 나는 그걸 종종 흉내 냈다. 입으로 소리를 냈고, 침이 튀어도 좋았다.

그뿐만 아니라, 주인공이 위기에 빠질 때는 항상, '으잉?' 하고 놀라는데, 그것도 따라 했다. 철민이가 나를 툭 건드리면 나는 '으잉?' 하면서 눈에 힘을 주었다. 그러면 철민이는 배꼽을 잡고 웃었다.

그래서 나는 일부러, 타타타타타, 가 써 있는 페이지를 보며 혼자 입으로 작게 소리를 냈다. 그러다가 혼자, '으잉?' 하면서 옆을 돌아보기도 했다. 하지만 찌무룩한 마음은 조금도 나아지지 않았다.

나는 자꾸만 창밖을 내다보았다. 철민이 나타날 때가 되었다는 생각이 들었다. 이럴 줄 알았으면, 진작에 녀석이랑 함께 만화방에 올걸, 하는 생각이 들었다.

쳇!

나는 혼자 투덜거리면서 벽에 기댔다. 그러자마자 창밖에서 들이친 햇살이 눈을 찔렀다. 나는 반사적으로 눈을 감았다.

그리고 얼마나 시간이 지났을까. 나는 인상을 찌푸리면서 눈을 떴다. 그런데 아빠가 보였다. 나는 얼결에 바로 앉았다.

'설마?'

나는 잘못 보았나, 싶어서 창밖을 유심히 내다보았다. 거기에 아빠가 있었다.

아빠는 리어카를 끌고 있었다. 그리고 뒤에서 점박이 할머니가 밀었다. 할머니가 리어카를 끌고 다니는 모습을 종종 본 적이 있었다. 할머니가 빈 병과 폐지를 주워 팔아 용돈을 번다는 것쯤은 동네 사람이라면 누구나 다 알았다. 그런데 왜 아빠가 할머니의 리어카를 끌고 있는 것일까. 그리고 오늘은 폐지가 아니라 스티로폼과 판자….

나는 문득 뒷머리가 띵했다. 한 번 더 나도 모르게, '설마?' 하고 되물었다. 아파트 공사장에서 저 물건들을 실어 오나, 싶어서였다.

나는 나도 모르게 엉덩이를 들었다. 그리고 출입문 쪽으로 걸어갔다. 그런 중에도 아빠는 리어카를 끌고 김제쌀상회 삼거리 쪽으로 천천히 가고 있었다.

하지만 나는 밖으로 뛰쳐나가지 못했다. 하필이면 저편에서 철민이 다가오고 있었기 때문이다. 나는 얼른 앉았던 자리로 돌아갔다. 그리고 얼른 만화책을 집어 들었다.

"어? 뭐야? 약속 있다더니?"

철민이 만화방에 들어서자마자 나를 보고 말했다.

"어, 그…."

"아, 미리 좋은 자리 잡으려고 그랬던 거야? 아직 한 시간이나 더 남았는데? 나도 이 자리 잡으려고 했는데."

철민이 수선을 떨었다. 그러고 보니, 텔레비전이 잘 보이는 자리였다. 그러거나 말거나 나는, 만화책을 펼쳐 들었다. 그런 중에 철민은, "으잉? 또 이근철 만화야?" 하고는 혼자 킥킥댔다. 그 꼴이 우습긴 했지만, 나는 웃지 않았다. 유미가 나와의 약속을 어기고 명호네 차를 타고 갔으며, 아빠는 또 점박이 할머니랑…. 머릿속이 온갖 생각들로 뒤엉켜서 복잡하기만 했다. 지금 당장 밖으로 나가 아빠를 따라가야 하나? 연신 혼자 되묻고 있었다.

나는 아까처럼 벽에 기댔다. 그때쯤, 주인아줌마가 텔레비전의 문을 열었다. 아직 레슬링을 할 시간은 아니었지만, 나는 으레 그러려고 마음먹은 것처럼 텔레비전 쪽을 멍하니 쳐다보았다.

"김일 레슬링은 TBC에서 해요."

기다렸다는 듯, 아까 저편 구석에서 만화책을 보던 다른 학교 아이 중 하나가 말했다. 그 말을 들은 아줌마가 텔레비전을 켜자마자 채널을 돌렸다. 하지만 화면에는 채도가 다른 검은색 막대 여러 개가 세로로 그어져 있을 뿐이었다. 화면조정 시간이었다.

그럼에도 불구하고 나는 시선을 돌리지 않고 텔레비전 화면에 시선을 붙박았다. 무슨 시력 검사라도 하듯 그 화면에서 눈을 떼지 않았다.

한참을 기다리자 애국가가 나왔고, 나는 그걸 4절까지 속으로 따라불렀다. 이어 뉴스가 나왔다. 오늘도 첫 소식은 월남전 속보였다. 우리나라 파병 군인들이 대부분 월남에서 철수했다는 이야기가 흘러나왔다. 어떤 군인이 훈장을 받는다는 뉴스도 있었다. 화면에는 배에서 내리는 군인들이 꽃다발 세례를 받는 모습과 대통령이 그 군인 중 한 사람의 가슴에 훈장을 달아 주는 모습이 차례로 지나갔다.

그 바람에 사진 속 아빠가 떠올랐다. 그리고 나도 모르게 '조금만 더 버티지' 하고 입속으로 말했다. 그러자마자 입안이 썼다.

화면이 바뀌자 이번에는 대통령의 얼굴이 화면에 크게 나타났다. 이어 대통령이 무슨 공사장을 찾아가 테이프를 자르는 모습이었는데, 그 뒤로 안전모를 쓴 수많은 사람이 함께 몰려다녔다. 그 바람에, 이번에는 명호가 내밀었던 사진이 생각났다. 어디에도 명호 아빠라 할 만한 얼굴은 보이지 않았지만, 명호가 악착같이 자기 아빠라고 우겨 대던 그 단체 사진.

쳇!

나도 모르게 명호의 얼굴을 떠올리며 비웃었다. 그 사이에 뉴스는 끝났다. 이어 국민학교 때부터 보던 인형극 〈다람쥐 삼형제〉가 시작되었다. 명호도 저편의 중학생들도 에이, 하면서 고개를 돌렸지만, 그때까지 나는 텔레비전에 멍하니 시선을 붙박았다.

"너 뭘 보는 거야, 유치하게. 만화책 안 볼 거야?"

그러면서 내가 들고 있던 〈로켓 제작소의 최후〉를 툭툭 쳤다. 하지만 나는 그러거나 말거나 가만히 있었다. 만화책이 머릿속에 들어갈 것 같지 않았다. 자동차를 타고 훅 가 버린 유미 생각만 났고,

차창 안에서 씩 웃던 명호의 얼굴이 떠올랐으며, 조금 전 점박이 할머니와 수레를 끌고 가던 아빠의 모습만 눈앞에 아른거렸다.

그래서였을까. 나는 텔레비전 화면의 아이스크림 광고를 쳐다보면서도 입으로는 엉뚱한 말을 중얼거렸다.

'이게 모두 아빠 때문이야. 유미가 나를 배신한 것도 모두 아빠 때문이라고.'

그러자마자 아빠가 월남에서 돌아오던 날부터, 건넌방에 틀어박혀 괴성을 지르고, 혼자 장독대에 올라가 전쟁놀이를 하던 일이 빠르게 머릿속을 스쳐 지났다. 이어 아빠가 바깥을 나돌기 시작하고, 마침내 어른들이, 아니 아이들까지 아빠를 미쳤다고 손가락질하던 그 낱낱의 일까지. 결국 그 이후에 친구들이 내 곁에서 하나둘씩 떠났고, 반장도 빼앗겼으며, 이제는 유미마저 보란 듯이 약속을 어겼다….

그래서 또 아빠를 원망했다.

'아빠는 왜 그런 모습으로 돌아왔을까. 왜? 옛날 장수들은 패하여 돌아오는 일을 가장 수치스럽다고 여겼다는데? 맞아. 결국 아빠는 패하여 돌아온 거야.'

그런 생각에까지 이르자 나도 모르게 주먹을 힘껏 쥐었다.

"야! 너, 자? 이제 곧 레슬링 시작이야."

얼결에 눈까지 감고 있었나 보다. 나는 제풀에 놀라 눈을 떴다. 그리고 사방을 돌아보았다. 어느새 만화방은 사람들로 그득했다.

대부분 박박머리였고 계산대 쪽에 어른들도 몇 보였다.

나는 눈에 힘을 주고 텔레비전 화면을 쳐다보았다. 그즈음 막 조미료 광고가 끝나고 화면이 검게 변했다. 그리고 금방 다시 밝아지면서, 너부데데한 얼굴의 아나운서가 나타났다.

"전국에 계신 시청자 여러분, 그리고 해외동포 여러분 안녕하십니까. 지금부터 도쿄 국립체육관에서 펼쳐지는 대한민국 김일 선수와 일본의 안토니오 이노끼 선수의 프로레슬링을 중계방송⋯."

그런데 그때, 알 수 없는 무언가에 이끌려 내 시선이 만화방 출입문 쪽으로 돌아갔다. 그리고 때를 맞추어 거기에 유미가 서 있었다. 아니, 유미는 잠깐 두리번거리더니, 나와 눈을 맞추었고, 사람들이 앉은 의자 틈새를 헤치고 내게 다가왔다. 그러더니 다짜고짜 내 팔목을 붙잡았다.

유미는 낮은 목소리로 내게 말했다.

"너 여기서 뭐 해?"

"뭐 하긴 레슬링 보잖아. 왜?"

나는 일부러 퉁명스럽게 되받아쳤다. 그 바람에, 옆에 있던 사람들이 내 쪽을 힐끔거렸다. 그런데 그러거나 말거나 유미가 다급한 목소리로 말했다.

"이러고 있을 때가 아니라고. 너희 집에 경찰 아저씨들이 찾아왔어."

"⋯?"

나는 그 말이 이해되지 않아서 눈을 동그랗게 뜨고 유미를 쳐다
보았다. 그러자 유미가 더 강하게 팔을 당기며 말했다.

"경찰 아저씨들이 너희 아빠 잡아간다고!"

그 목소리가 컸는지 옆에 있던 명호도, 그리고 주위의 몇몇 사
람도 이쪽을 힐끗거렸다. 동시에 나는 숨이 탁 막혔다. 나도 모르
게 헉, 하고 소리를 내고 말았다. 눈앞이 아찔했다.

도둑 아빠

정신을 차린 뒤에도, 그게 얼마나 큰일인지 감은 오지 않았다. 경찰이 왜 우리 아빠를? 하고 되물었는데, 물론 답이 나올 일이 아니어서 여전히 멍했다. 다만 유미가 끌어당기며, 한번 더, "너희 아빠 잡혀간다고!"라고 하고 나서야 나는 일어나 만화방을 뛰쳐나갔다.

김제쌀상회 삼거리를 지날 때쯤, 뒤에서 유미가 소리를 쳤다.

"같이 가!"

하지만 나는 뒤를 한번 돌아보았을 뿐, 그냥 내달았다. 하지만 그래도 유미는 쫓아오면서 무어라 자꾸만 이야기했다.

"그런데 너…. 헉헉! 왜 집에 없었어. 내가 떡볶이…. 헉헉! 사준다고 했잖아. 1등 했다며? …헉! 명호가 우리 성당에 나온다길래…. 같이 성당에 갔다가 오니까 너 집에 없…. 헉헉! 같이 가!"

그러거나 말거나 했다. 나한테도 성당에 나가자고 몇 번이나 채 근했던 기억이 났다. 하지만 지금 그게 무슨 상관이냐 싶어서, 나 는 멈추지 않고 달렸다.

그리고 잠시 후, 집이 저만치 보일 때쯤, 빨강 파랑 불빛이 동시 에 번쩍이는 게 보였다. 가슴이 두근거렸다. 뛰어와서 그런 건지, 겁이 나서 그런 건지 알 수가 없었다. 그래도 나는 더 달려갔다.

집 앞이 북적거렸다. 경찰 오토바이 한 대가 서 있었는데, 앞쪽 에 켜진 경광등이 뱅글뱅글 돌았다. 그 때문에, 파란불 빨간불이 눈앞에 어른거렸다.

동네 아저씨 몇몇이 우리 집 안을 기웃거리고 있었다. 나는 사 람들을 헤치고 집 안마당으로 한 걸음 들어갔다. 거기에는 뜻밖의 광경이 펼쳐져 있었다.

제일 먼저 아빠의 모습에 눈길이 갔다. 아빠는 덩덕새머리를 한 채 잔뜩 주눅이 든 표정으로 건넌방 쪽마루에 앉아 있었다. 엄마가 댓돌 위에 선 채, 그런 아빠의 어깨를 보듬었다. 그리고 명호 엄마 와 통장 아저씨와 쌀집 아저씨, 여기에 낯선 남자 둘이 뒤엉켜 아 빠를 둘러싸고 있었다. 유미 말이 맞는다면, 그들이 경찰인 모양이 었다.

그들은 저마다 한마디씩 하면서 웅성거렸다.

"내 말이 맞는다니까요. 정신없는 양반이 그게 무슨 짓인지도 모르고 그냥 슬쩍 제 주머니에 집어넣었겠죠."

"그래서 다른 집에서 없어진 시계며, 돈뭉치도 강일중 씨가 가져갔다는 거죠?"

"그걸 물어봐야 알아요? 저 아랫집 새댁도 강 씨가 자기 집에 드나드는 걸 봤다고 했잖아요. 거긴 결혼반지를 집어 갔대요."

"그럼, 일단 강일중 씨가 훔쳐 갔다는 물건들부터 확인해야겠습니다. 그걸 또 어디에 감추었는지도 찾아보고요. 아, 그리고 정신이 온전치 않으시다니까 혹시 공범이 있는지도 알아보아야 합니다."

"무슨 말이에요? 공범이라니?"

"아주 작정하고 도둑질했다는 건가?"

"거참, 동네가 왜 이리 흉흉해졌대?"

경찰 아저씨와 동네 사람들의 목소리가 뒤섞여서 들려왔다. 무엇보다 '공범'이라는 단어가 머리를 쿡 찌르는 느낌이었는데, 점박이 할머니가 생각나서였다. 내 머릿속에는 할머니 집에 드나들던 아빠 모습이 빠르게 스쳐 지나갔고, 아빠가 짊어지고 있던 커다란 자루와 아빠가 끌던 리어카도 생각났다. 그리고 엉뚱하게도 할머니 집 안에 아빠가 훔친 물건을 숨겨 놓았을지도 모른다고….

헉!

나는 내 생각에 놀라 얼른 머리를 흔들었다. 하지만 자꾸만 그 생각들이 머릿속으로 뛰어드는 걸 막아 낼 수가 없어서 발을 동동 굴렀다. 결론은 아빠가 도둑놈이라는 것이었으니까. 그러는 바람에 짱구 형이 했던 말까지 떠올랐다.

그런데 그때였다. 마침내 경찰 아저씨가 선언하듯 말했다.

"일단 어찌 되었든 경찰서로 가야겠습니다."

나는 가슴이 철렁 내려앉았다. 그 바람에 아무것도 할 수 없다는 걸 알면서도 앞으로 한 걸음 나섰다. 그런데 나와는 달리, 경찰 아저씨의 목소리가 채 여운을 남기기도 전에 튀어나온 건 누나였다. 안방 쪽에서 건넌방 쪽으로 건너오면서, 누나는 거칠게 소리쳤다.

"누가 우리 아빠를 도둑으로 몰아요? 증거 있어요?"

"어머! 쟤가 어딜 어른들이 이야기하는데 함부로 나서고 그래? 네 아빠가 우리 집을 기웃거리다가 나한테 들켰다고!"

"그러니까 물건을 훔쳤다는 증거 있냐고요?"

기다렸다는 듯 말을 맞받은 명호 엄마에게 누나는 더 큰 소리로 되물었다. 명호 엄마의 입술이, 밤인데도 유독 빨갰다. 그래서인지 너무나 얄밉게 느껴졌다.

"네 아빠 바지 주머니에서 돈이 나왔어. 아니, 신우 엄마. 신우 아빠한테 돈 준 적 있어요, 없어요?"

명호 엄마는 이번엔 엄마를 향해 다그치듯 물었다. 엄마는 흐느끼면서 아무 말도 하지 못했다. 그러자 기다렸다는 듯 명호 엄마가 다시 목소리를 높였다.

"자, 이래도 아니야?"

"자, 인제 그만하세요. 그렇지 않아도 지난달부터 이 동네도 그렇고 여러 곳에서 좀도둑이 기승을 부린다고 신고가 여러 차례 있었어요. 어찌 되었든 조사를 해 봐야 합니다. 강일중 씨 일어나세요. 함께 서로 좀 가 주셔야겠습니다."

경찰 중 한 명이 나서서 아빠 쪽으로 손을 내밀었다. 하지만 동시에 다시 누나가 나섰다.

"함부로 우리 아빠한테 손대지 말아요. 증거를 내놓으라고요! 그 돈이 어쨌다는 거예요?"

"어쩌긴? 훔친 물건 팔아서 생긴 돈이겠지!"

"만약 그게 아니면 어쩔 건데요? 아줌마가 책임질 거예요?"

도대체 누나는 저런 용기가 어디서 난 것일까. 옴팡지게 주먹을 쥔 누나가 부르르 떨며 소리를 높였다. 명호 엄마와 맞서 조금도 물러서지 않았다.

"어머! 쟤 눈 부라리는 것 좀 봐!"

"어허, 애. 그럼 안 돼. 어른들이 알아서 할 거야."

명호 엄마와 그 뒤에 있던 통장 아저씨가 나섰다. 그래도 누나는 꼼짝하지 않고 아버지 앞에서 물러나지 않았다.

그때, 엄마가 나섰다.

"변상할게요. 마을 분들이 잃어버린 것들 다 책임질 테니, 제발 경찰서만은…. 그러다가 애 아빠가 잘못되기라도 하면…. 이제 겨우 제정신으로 돌아오는가 싶었는데…. 다들 아시잖아요."

엄마는 여러 번 말을 더듬었다. 말에 물기가 잔뜩 묻어 있었고, 몸을 바들바들 떨었다. 그 바람에 아빠의 몸까지 흔들렸다.

엄마의 말에 사람들 한둘이 고개를 끄덕였다. 하지만 이번엔 경찰 아저씨 한 사람이 나섰다.

"아무튼 신고가 들어왔으니까, 가서 조사는 받으셔야 합니다."

그리고 다짜고짜 아빠의 손목을 잡았다. 그때, 누나가 다시 앞을 막았다. 하지만 소용이 없었다. 아저씨들의 힘을 당해 낼 수는 없었다. 결국 경찰 두 명이 아빠를 일으켜 세웠다.

"누구예요? 누가 우리 아빠를 신고했냐고? 가만두지 않을 거야!"

누나가 소리를 질렀지만, 경찰 아저씨 둘은 누나를 밀쳐 내고 아빠를 양쪽에서 붙잡았다. 그리고 밖으로 데려 나갔다.

"신애야, 삼거리 공중전화에 가서 고모한테 전화 좀 해."

엄마는 누나에게 그렇게 말하고 아빠의 뒤를 부지런히 따라갔다. 나는 이러지도 저러지도 못하고 발만 동동 굴렀다.

아빠가 돌아온 것은 밤 10시가 넘어서였다. 대문을 들어서는 아빠의 기신거리는 모습은 시든 배춧잎 같았다. 양쪽에서 엄마와 고모가 부축하고 있었는데, 흡사 영화에서 본 패잔병의 모습이었다. 무슨 고문이라도 당하고 온 사람 같았다. 안방 아랫목에 앉아서도 아빠는 계속 떨었고, 웅크리고 앉아 자꾸만 엄마의 눈치를 보았다.

그러다가 엄마가 이불을 깔고 자리에 눕히자, 아빠는 언제 그랬냐는 듯 금세 잠이 들었다. 사람들에게 시달려서 많이 힘이 들었을 거란 추측만 할 뿐이었다.

"넌 어서 가서 자!"

엄마가 안방 문지방에 서 있던 나에게 말했다. 하는 수 없이, 방문을 닫고 두어 걸음 뒤로 물러났다. 하지만 나는 누나와 함께 마루에 서서 한동안 움직이지 못했다. 그런 채로 방 안에서 흘러나오는 소리를 고스란히 다 들었다.

"언니, 정말 그 많은 돈을 물어 줄 거예요?"

"그럼, 어떻게 해요? 명호네도 그렇고, 저 아래 새댁이랑, 연탄 장수 천씨 아저씨도 애 아빠가 자기 집을 들락거리는 걸 봤다잖아요."

"아니, 오빠가 그걸 훔쳤다는 증거도 없잖아요. 정말 그랬다면 그 많은 물건을 다 어디에 숨겼느냐 말이에요?"

"팔았을 거라고…. 애 아빠 주머니에서 돈도 나왔고…."

"아니, 그게 한두 푼도 아닐 텐데, 그러면 나머지 돈은 어디에 있고요? 오빠 주머니에서 나온 돈은 고작 3만 5000원이라면서요?"

"신우 고모가 무슨 말을 하는지 알아요. 나도 그럴 리 없다고 생각해요. 하지만 마을 사람들 눈이 무서우니까 그러지요. 그리고 무엇보다 이런 일이 오래되면, 오빠만 힘들어요."

"그렇긴 하지만…. 그래서 각서 쓰고 오빠를 데리고 온 거라고요?”

“네. 거기 유치장에 두었다가 애 아빠가 더 나빠지면 어떻게 해
요? 도둑놈이라고 손가락질이라도 하면….”

고모와 엄마는 말끝마다 한숨을 달았다.

“야, 너 들어가서 자!”

누나가 내 어깨를 툭 쳤다. 그러고는 먼저 방 안으로 들어갔다.
하는 수 없이 나도 방으로 들어갔다. 그리고 누워서 이불을 머리
꼭대기까지 끌어올려 덮었다.

물론 잠은 오지 않았다. 시간이 지날수록 정신은 더 말똥말똥해
졌다. 그리고 머릿속에선 온갖 생각들이 불꽃처럼 이리저리 튀었
다. 무엇보다 조금 전 엄마의 말이 머릿속에서 떠나지 않았다.

“도둑놈이라고 손가락질이라도 하면….”

짱구 형의 말도 기억났고, 그래서 ‘도둑놈’이라는 말이 머릿속에
가득 들어찼다. 그러고는 아무리 빼내려 해도 더 빠지지 않았다.
머리를 흔들고 이불을 걷어차도 ‘도둑놈’이라는 글자는 머릿속을
가득 메우고, 온 방 안에 넘칠 기세였다. 아니, 어디선가 큰 목소리
로, ‘네 아빠는 도둑놈!’이라고 외치는 것 같았다. 내가 아무리 아
니라고 고개를 저어도, 아니 그럴수록 소리는 더 커지기만 했다.

그 바람에 나는 일어났다가 앉기를 수도 없이 반복하다가 제풀
에 쓰러졌다.

그러다가 어느 즈음에 잠이 들었나? 꿈을 꾸었던 것도 같고. 아

빠랑 전쟁놀이하느라 그런 것인지, 들판을 이리저리 뛰어다녔고, 구덩이에 빠지며, 헉 소리를 내고 잠에서 깨어났다.

'휴우!'

나는 길게 한숨을 쉬며 몸을 일으켰다. 다시 누울까, 하다가 오줌이 마려워서 일어났다. 그리고 바깥으로 나왔다. 얼른 신발을 신고 대문 옆 변소로 갔다. 하지만 곧바로 멈추었다. 건넌방에 불이 켜져 있어서였다. 아니, 말소리까지 들렸다.

나는 나도 모르게 변소 문고리를 놓고 건넌방 쪽으로 다가갔다. 소리가 조금 더 선명하게 들렸다.

"왜 이렇게 돼서 돌아왔어요? 응? "

"아팠어. 가슴이 너무 아팠어. 우리가 총을 쏠 때마다 저편에서 사람들이 하나둘씩 쓰러져 갔어. 그리고 그쪽에서 총을 쏘면 이쪽의 내 부하들이 죽었어. 머리에, 가슴에 총을 맞고. 피를 흘리면서. 어젯밤에 나와 함께 도란도란 이야기를 나누던 김 일병, 아니 상식이가 다음 날 보이지 않았고, 엄마 사진을 내게 보여 줬던 명준이도 그 이튿날엔 돌아오지 않았어. 내 고향 친구 창호는 다리를 하나 잃었어."

"그러길래 아예 전쟁터에 가지를 말지. 왜 그랬어요?"

"처음엔 베트콩들…. 나쁜 사람을 총으로 쏘는 건 나쁜 일이 아니라고 생각했어. 이겨서 돌아가야 했어. 엄마도 나쁜 놈들이 데려갔잖아. 엄마도…."

"그러면, 멀쩡하게 돌아왔어야지요. 이게 뭐예요?"

"그런데 어느 날 문득 생각했어. 전쟁터에 온 사람 모두 누구에게는 아빠이거나 형이거나 오빠이고 소중한 자식이고…. 그런 그들이 매일매일 죽어 나갔어."

"당신도 남편이고, 아이들의 아빠잖아요."

"도대체 누가 일으킨 전쟁일까, 생각했어. 왜 사람들은 전쟁을 해야 하나? 누구에게 좋은 일일까? 아무도 대답해 주지 않았어. 우리는 누군가의 명령에 따라 밀림을 헤매고, 옷을 다르게 입은 적을 쏘아야 했고, 동굴에 수류탄을 던져 넣어야 했어."

"…."

"맞아. 그 동굴에 누가 있었는지 알아? 우리 엄마 같은 할머니와 할머니의 어린 손주들이 있었어. 나는 죽일 수 없었어. 아무 죄도 없는 사람들까지 함부로 죽일 수 없다고 했어."

"무슨 말인지 알아요. 하지만 거긴 전쟁터예요. 당신은 군인이고요! 그들이 당신을 해칠 수도 있어요."

"살려 달라고 발버둥 치더라고. 그래서 난 돌아섰어. 그냥 동굴을 떠나려 했는데…. 그런데 누군가가 할머니의 가슴에 총을 쐈어. 할머니가 쓰러졌는데, 여전히 눈을 뜨고 나를 쳐다보고 있었어. 나는 마치 엄마를 보는 듯…. 엄마도 내 앞에서 그렇게…."

멀쩡한 사람들이 나누는 대화 같았다. 그런데 또 가만히 들어 보면, 엄마와 아빠는 서로 다른 이야기를 하는 것 같기도 했다. 엄마는 그저 엄마대로 물으면서 원망하고, 아빠는 마치 월남에서 있었던 일들을 하나씩 들려주고.

그러나 말들이 어렵고 갈피를 잡을 수가 없었다. 엄마의 말은 그대로 안타까웠고, 아빠의 말은 그대로 슬펐다.

"무서웠어. 어느 날부터 포탄이 떨어지는 소리가 들리면 숨었어. 총소리가 나면 책상 밑으로 기어들어 갔어. 아니, 또 어느 날 밤은 명준이가 부르더라고."

"명준이란 사람은 죽었다면서요?"

"저편 밀림에서 부르는 소리가 났어. 선임하사님, 저 좀 데려가세요, 하면서 말이야. 그래서 달려갔지. 그랬더니, 사방에서 포탄이 터지더니, 나무가 쓰러지고 사방이 아비규환이 됐지. 그래도 나는 명준이를 찾아서 헤맸어. 그러다가 얼핏 저편에서 보았어. 명준이가 숲속으로 뛰어가고 있었다고. 그래서 쫓아갔어. 명준이를 구해야지!"

"그런데 왜 아군에게 총을 쏘았어요? 그 일만 없었어도…."

"아니야! 난 쏘지 않았어. 명준이에게 뛰어가 구하려는데, 누군가가 나를 붙잡았어. 못 가게 잡았어. 명준이를 구해야 하는데…."

"당신이 헛것을 본 거잖아요."

"나는 사람들을 뿌리쳤어. 그래도 놓아주지 않았어."

"그래서 총을 쏘았어요?"

"아니라고! 난 그냥 뿌리치고 달려갔을 뿐이야! 그뿐이라고! 도리어…. 갑자기 뒤통수가 아팠어! 그리고 정신을 잃었다가 눈을 떴는데, 누군가가 나를 침대에 묶어 두었어. 그리고 한 눈이 보이지 않았어….”

“….”

“전쟁이 모든 걸 빼앗아 갔어. 난 하고 싶지 않았어. 사람들이 나를 그리로 데려갔어.”

“그래요. 알아요.”

“그런데 끝났어? 끝난 거야? 전쟁이 끝났냐고?”

아빠의 갑작스러운 물음이 있고 나서, 방 안은 조용해졌다. 무언가 가볍게 탁탁 두드리는 소리만 들렸다. 엄마가 아빠를 토닥이는 것이라는 생각이 들었다. 나는 뒷걸음질을 쳐서 건넌방 쪽마루에서 두어 걸음 물러났다.

그런데 그때, 엄마가 묻는 소리가 들렸다.

“그래서 물건을 훔쳤어요? 사람들이 미워서?”

나는 숨을 멈추고 아빠의 대답을 기다렸다. 하지만 아빠는 대답하지 않았다. 억지로 참다가 하는 수 없이 천천히 숨을 뱉어 내고 난 뒤에도 아빠의 말은 들려오지 않았다. 숨을 죽이고 조금 더 기다렸지만 마찬가지였다.

결국 나는 뒤로 더 물러났다. 그리고 그러다가 마당 수도 옆의 세숫대야를 건드리고 말았다.

“우당탕탕!”

소리가 크게 났다. 그 바람에 나는 그 자리에 꼼짝하지 않고 서
있기만 했다. 하지만 아무도 내다보지 않았다. 잠시 후, 건넌방 전
등이 꺼졌고, 이웃집 어디선가 개 짖는 소리가 들렸다. 나는 가만
히 방 안으로 돌아왔다. 그리고 자리에 누웠다. 하지만 잠이 쉬이
오지 않았다.

아빠가 부끄러워?

"…우리의 창의와 협력을 바탕으로 나라가 발전하며, 나라의 융성이 나의 발전의 근본임을 깨달아, 자유와 권리에 따르는 책임과 의무를 다하며, 스스로 국가 건설에 참여하고 봉사하는 국민정신을 드높인다. 반공 민주 정신에 투철한 애국 애족이 우리의 삶의 길이며…. 길이며…."

또 거기서 멈추었다. 생각나지 않았다. 머릿속에서는 어젯밤 아빠의 모습과 엄마와 이야기 나누던 목소리만 앵앵 소리를 내고 있을 뿐이었다. 그 목소리가 한 문장씩 외울 때마다 끼어들어 도저히 그다음까지 넘어갈 수가 없었다. 아니, 그런 중에도 절반이나 왼 것이 신기할 따름이었다.

나는 외는 척하면서, 칠판 오른쪽에 붙어 있는 국민교육헌장을 힐끔거렸지만, 뒷자리에서 그 글자가 보일 리 만무했다. 나는 '길이며'를 다섯 번쯤 반복하고 고개를 숙였다. 곁눈질로 보니, 철민이 책상 위에 손가락으로 무어라고 쓰고 있었는데, 도무지 그것조차 눈에 들어오지 않았다. 그 와중에도 눈에 힘을 주고 쳐다보았지만, 알 수 없었다. 그걸 눈치챈 건지 철민이 기어코 노트에 썼다.

'자유세계의….'

거기까지 알겠는데, 그다음은 알 수 없었다. 그러자 철민이 아예 국어책 앞면을 슬쩍 펼쳤다. 거기에 국민교육헌장 전문이 쓰여 있었다. 하지만 그것을 채 보기도 전에 선생님이 말했다.

"신우, 고개 들어 봐. 신우는 우리 반 1등인데, 이러면 실망인데? 1등이면 더더욱 모범을 보여야 하는 것 아니야?"

나는 얼굴이 붉어진 채로 고개를 잠깐 들었지만, 선생님의 말에 다시 고개를 숙였다. 낙서 금지, 라는 글자가 새까맣게 쓰여 있는 책상만 내려다보았다. 다른 데로 시선을 돌릴 수도 없었다. 틀림없이 아이들이 힐끗거릴 테고, 명호나 정표는 비웃고 있을지도 모르니까. 아니, 이젠 아예 관심조차 두지 않을지도 모르지. 반장을 빼앗기고 나서 나와 붙어 다니려는 아이가 이제는 거의 없었으니까. 명호네 자동차를 한번 타 보려고 알랑거리는 녀석들만 득실댔고, 마지못해 옆에 붙어 있는 철민이마저도 언제 그쪽으로 붙어 버릴지 알 수 없었다.

그런 생각이 들자, 나는 공연히 주먹을 쥐었다.

그때쯤, 선생님이 한번 더 말했다.

"오늘 국민교육헌장 다 외지 못한 사람이 13명이야. 이 13명은 남아서 청소하고 집에 가. 청소 끝나면 신우가 검사 받으러 교무실로 오고. 자, 이상!"

선생님의 말이 끝나자마자 명호가 일어나, "차려, 경례!"를 외쳤고 아이들은 큰 소리로 "선생님, 감사합니다!"라고 소리를 높였다. 그러고는 누가 먼저랄 것도 없이 곧바로 의자를 박차고 일어나 교실 밖으로 뛰어나갔다. 그제야 나는 화끈거리는 얼굴을 들었다.

얼추 아이들이 다 빠져나가자 남은 아이들이 저마다 빗자루를 들고, 혹은 먼지떨이와 대걸레를 들고 교실 안을 서성거렸다.

"네가 웬일이냐? 난 네가 1등으로 뽑힐 줄 알았는데!"

철민이 수건을 반으로 접어 만든 유리창 닦이를 내밀며 말했다. 물론 나는 대답하지 않았다. 그러자 철민은 눈치를 보더니 먼지떨이를 들고 교실 앞쪽으로 걸어갔다.

나는 화가 났다. 소리라도 지르고 싶었지만, 그럴 용기가 나지 않았다. 어쩌면 머릿속에서 계속 아빠의 모습이 떠올라서인지도 몰랐다. 나도 모르게, 머릿속으로 '다 아빠 때문이야!'라고 외치고 있었으니까. 하지만 그런 내가 또 짜증이 나서 견딜 수가 없었다.

나는 가방을 들고 교실 바깥으로 향했다. 하지만 그러자마자 아이들의 목소리가 등 뒤를 쫓아왔다.

"야, 너 청소 안 하고 어디 가?"

나는 무시하고 교실 문을 열었다. 하지만 정표가 기어코 쫓아와 어깨를 붙잡았다.

"청소 안 하고 어디를 도망가려고? 너도 국민교육헌장 다 못 외웠잖아!"

"손 치워라!"

나는 눈을 부라렸다. 하지만 정표는 물러나지 않고 눈을 치떴다. 오종종한 얼굴을 잔뜩 들이댔다.

"뭐야? 어디서 적반광장이야?"

그 말에 나는 잠깐 고개를 갸웃거리다가 말았다. 적반하장을 적반광장이라고 말하는 것을 알고 어이가 없었다. 하지만 웃음조차 나오지 않았다. 나는 놈의 손을 뿌리치고 교실 문을 반쯤 열었다.

"야, 씨! 너희 아빠도 이런 식으로 토꼈지?"

그 바람에 나는 문을 열다가 말고 돌아섰다. 그리고 다빡거리듯 하는 놈을 노려보았다.

"뭐라고?"

"다 알아! 너희 아빠 월남전 갔다가 무서워서 도망 온 거 다 안다고!"

"말 다 했어? 누가 그래?"

나는 정표 앞으로 바짝 다가섰다.

"누가 말 안 해도 다 안다고. 다른 반 아이들도 전부! 그동안 너 뺑친 거 소문 다 났어. 승민아, 안 그러냐? 태광이 너도 들었지?"

정표는 어느새 다가온 두 아이의 이름을 부르며 동의를 구하는 눈짓을 보냈다. 그러자 놈들이 내 눈치를 보면서도 고개를 끄덕였다.

"이 새끼들이 진짜!"

"왜? 아니면 말해 보던가? 싸우다가 도망쳤다며?"

"아군한테 총을 겨눴다던데, 뭐!"

정표의 말에 내가 대꾸하지 않자, 용기를 얻은 것인지 승민이가 한마디 덧붙였다. 나는 나도 모르게 주먹을 쥐었다.

"입 안 닥쳐? 어디서 주둥아리를 함부로 놀려?"

나는 어른들의 말투를 흉내 내면서 소리쳤다.

"그러니까 아니면 말해 보라고. 너희 아빠 왜 그러는데?"

"뭐가?"

"뭐가, 라니? 전쟁도 안 끝났는데 왜 돌아왔냐고? 어제는 도둑질도 했다며? 그게 무슨 군인이야? 베트콩이랑 뭐가 달라?"

그 말이 가슴을 찌르는 것 같았다. 나는 정표의 멱살을 잡았다.

"뭐라고? 베트콩이라고? 다시 말해 봐, 이 새끼야! 네가 봤어?"

"얘기 다 들었어. 너희 아빠 제정신 아니라고. 전쟁터에서 도망친 거 맞지?"

내가 멱살을 잡고 흔들어도 놈은 말을 멈추지 않았다. 오히려 눈을 동그랗게 뜨고 말했다. 때려 볼 테면 때려 보라는 표정이었다.

"도망친 거 아니라고! 우리 아빠는 전쟁이 싫어서 돌아왔을 뿐이야. 전쟁 안 하려고!"

나도 모르게 어젯밤 아빠가 했던 말을 해 버렸다. 그게 무슨 뜻인지 알지도 못하면서. 딱히 놈을 제압할 말이 생각나지 않아서였다.

"전쟁이 왜 싫은데? 베트콩과 싸워 이겨야지, 군인이 비겁하게 도망치는 게 어딨어?"

"사람 죽이는 전쟁이 뭐가 좋아? 그게 그렇게 좋으면 네가 가던가, 새끼야."

점점 더 나는 아빠의 말을 따라 하고 있었다.

"걱정하지 마. 난 나중에 군인 돼서 북괴군 물리칠 거니까. 두고 봐. 너희 아빠처럼 비겁하게 도망치지는 않는다고. 도둑질도 안 해! 그게 무슨 군인이야, 그냥 도둑놈이지!"

컥컥거리면서도 정표는 또박또박 말했고, 나는 놈의 마지막 말에 더는 참을 수가 없었다. 놈이라니! 나는 멱살을 움켜쥔 채로 정표를 힘껏 밀어 버렸다. 그 바람에 정표는 책상과 함께 뒤로 넘어졌다. 거기서 멈추지 않고 나는 얼른 달려가 놈이 채 일어서기도 전에 가슴팍을 발로 걷어찼다.

"아이, 씨발!"

정표가 발길에 채고 뒤로 더 물러났다. 하지만 곧바로 욕을 하면서 내게 달려들었다. 발을 뻗었고 주먹을 휘둘렀다. 그 때문에 나는 살짝 당황했다. 얼마 전까지만 해도 대들 생각조차 못하던 녀석이 나한테 이렇게 맞서다니! 정말로 이런 녀석들조차 나를 졸

(卒)로 보기 시작한 건가. 그런 생각이 들자 더 부아가 치밀었다.

나는 부대껴 오는 놈을 벽으로 밀쳤고, 사정없이 주먹을 휘둘렀다. 가슴과 배는 물론 얼굴까지. 그러자, 보고만 있던 승민이와 태광이가 달려들어 나와 정표 사이를 갈라놓았다. 하지만 나는 두 놈마저 발로 밀어내고 어깨로 등을 찍었다.

"저리 안 비켜! 나한테 손대는 놈 가만 안 둘 거야!"

그리고 나는 정표의 멱살을 잡은 채로 머리통을 때렸다. 하지만 놈이 피하는 바람에 내 주먹은 입가를 스쳤다.

"어어? 피!"

태광이가 정표를 가리키며 소리쳤다. 과연 입가에 핏물이 보였다. 그리고 그때였다. 뒤쪽에서 큰 소리가 들려왔다.

"강신우! 너 지금 뭐 하는 거야?"

얼른 돌아보니, 담임 선생님이 교실 뒷문 앞에 서 있었다. 그 때문에 나는 정표의 코앞까지 내질렀던 주먹을 거두어들여야 했다.

"무슨 일이야? 왜 이래? 강신우 정말 이럴 거야? 1등 하면 뭘 해? 이렇게 깡패처럼 친구나 때리고!"

"선생님, 그게 아니라…."

"아니긴 뭐가 아니야? 너 정말 요새 왜 그래? 저번에도 반장 코피 터트렸다며? 선생님이 모를 줄 알았지? 그리고 너 채변봉투에 뭘 넣은 거니? 가정환경 조사서에 아빠 이름은 왜 안 적었고? 자꾸 선생님 실망시킬 거야?"

내가 변명하려 하자, 선생님은 내 말을 가로채고 말했다. 그 바람에 나는 말을 끊고 고개를 숙였다. 선생님의 말에 무어라 대꾸할 수가 없었다. 나는 가만히 기다렸다. 그러자 선생님이 한마디 더 했다.

"혹시 너 아빠 때문이야? 하지만 신우야. 사람은 아플 수도 있어. 또 가끔은 남의 물건에, 아니 실수할 수도 있는 거고. 네가 아빠를 이해해야…."

"아니라고요!"

나는 선생님의 말에 고개를 벌떡 들고 소리쳤다.

"신우야!"

"우리 아빠 멀쩡하다고요!"

"아니, 내 말은…."

"우리 아빠는 전쟁이 싫어서 돌아온 거예요. 죄 없는 사람까지 죽는 게 가슴 아파서…. 그걸 볼 수가 없어서 돌아온 거랬어요. 선생님은 전쟁이 좋아요? 아무나 죽여도 그냥 모르는 체할 거예요?"

나는 어느새 아빠가 했던 말을 되뇌고 있었다. 그러자 선생님이 살짝 당황하는 듯한 표정을 지었다.

"무슨 말을 하는 거야. 내 말은 그게 아니잖아."

"그리고 우리 아빠 도둑 아니라고요!"

나는 선생님의 말이 끝나자마자 더 큰 소리로 말했다. 그리고 바닥에 떨어져 있던 가방을 주워들었다. 한번 더 선생님을 쳐다보고, 나는 문을 열고 복도로 나갔다.

"강신우! 너 어디 가? 선생님이 가란 말도 안 했는데, 뭐 하는 짓이야? 강신우!"

선생님이 복도까지 쫓아 나와 불러 댔다. 하지만 나는 못 들은 체하고 그냥 걸어갔다. 선생님이 몇 걸음 따라오는 듯했지만, 그러고 그만이었다. 나는 더 부지런히 걸었다. 빠르게 복도를 지나 운동장으로 나왔다. 한 번도 뒤를 돌아보지 않고 운동장을 가로질러 갔다.

빠르게 교문을 지나고, 마치 가려던 곳이 있는 사람처럼 큰길을 따라 시내로 향했다.

'아니야! 아니라고! 씨!'

혼자 속으로 그 말을 수없이 반복했다. 그러면서 미친 듯이 걸었다. 골목이 나오면 골목으로 들어갔고, 큰길이 나오면 무작정 걸었다. 누가 앞을 막으면 돌아서 왔던 길을 되돌아갔다. 그러다가 또 옆길로 셨다. 복잡한 시장길을 헤매다녔다. 그러느라 사람들과 어깨를 부딪쳤고, 욕설이 날아오기도 했다. 그러거나 말거나 나는 자꾸만 걷고 또 걸었다. 다리가 퍽퍽해지고 숨이 차도 멈추지 않았다. 입 속 말도 그치지 않았다.

'아니라니까! 아니라고 했잖아!'

해가 떨어지자, 서늘한 바람이 불었다. 그때까지도 나는 어깨를 잔뜩 움츠린 채 걸었다. 중앙시장 골목과 자유시장 좌판 거리를 몇 번이나 돌았다. 다리가 아팠고, 배가 고팠다. 해 질 무렵에, 포장마차 같은 천막에서 사 먹은 풀빵 세 개가 전부였다.

배가 고플수록 집으로 돌아가고 싶은 마음이 더 간절해졌다. 하지만 선뜻 걸음이 떼어지지 않았다. 지금쯤은 엄마도 내가 학교에서 무슨 짓을 저질렀는지 알게 되었을 테니까. 어쩌면 엄마는 내가 집 안으로 들어서자마자 달려들어 등짝을 후려칠지도 몰랐다.

아니, 그보다 아빠와 마주치고 싶지 않았다.

'모두가 아빠 탓이야!'

아까와는 달리 이번에는 그런 생각이 더 깊이 머릿속에 자리 잡아서 수그러들 줄 몰랐다. 밤새 아빠가 한 이야기도 기억났지만, '그래도 아빠 때문이야!'라는 말을 스스로에게 끊임없이 반복하고 있었다. 그러면서 또 걸었다. 자글거리는 마음이 나아질까, 해서 였다.

하지만 이제 더 이상 걸을 수가 없었다. 비가 내리기 시작했기 때문이다. 처음에는 가랑비처럼 내려서 무시하고 싸돌아다녔지만, 어느새 빗방울이 굵어졌다. 나는 두리번거리다가 비 피할 곳을 찾았다. 양장점과 사진관은 문을 닫았고, 약국은 막 불이 꺼졌다. 나란히 자리 잡은 옷 가게와 떡집은 처마가 없었다. 그 너머 앞쪽에 만둣집이 눈에 띄었다. 반사적으로 그쪽으로 걸었다.

만둣집 출입구 옆 오른쪽 홑처마 아래의 커다란 솥에서 허연 김이 끊임없이 솟아오르고 있었다. 나는 그 옆으로 걸어가 처마 아래에서 비를 피했다. 이따금 배가 불룩한 털보 아저씨가 문을 열고 나와 솥뚜껑을 밀어젖히고 만두를 꺼내 갔다. 그때마다 나를 힐끔거리긴 했지만, 그다지 신경을 쓰는 것 같지 않았다. 물론 나는 아저씨와 시선을 마주치지 않기 위해 모르는 체 시선을 다른 데로 돌렸다. 그리고 아저씨가 가게 안으로 들어가면 유리창 안쪽을 맥없이 바라보았다.

방금 쪄 낸 만두를 호호 불며 먹는 사람들을 보면서 나는 군침을 흘렸다. 흰색 블라우스와 청색 재킷을 나란히 입은 대학생뻘 누나 둘과 교련복을 입은 고등학생 형 셋이 키득대고 있었다. 그걸보고 있을수록 배가 더 고팠다. 그래서 집으로 가고 싶은 마음이 자꾸만 커졌다. 몸이 계속 떨려서 그런 탓도 있었다.

하지만 나는 선뜻 거리로 나서지 못했다. 빗방울이 조금 더 굵어진 탓도 있었고, 엄마의 꾸중도 두려웠다. 명호를 밀쳐서 넘어뜨렸을 때는 어찌 넘어갔지만, 이번은 아닐 것 같았다. 틀림없이 담임 선생님이 엄마한테 연락했을 테고…. 아니, 담임 선생님이 가정 방문을 왔을지도 모를 일이었다.

결국 나는 이러지도 저러지도 못한 채 만둣집이 문을 닫을 때까지 처마 밑을 서성거려야 했다.

사방이 어두워지고, 도무지 무서워서 견딜 수가 없을 때 나는 처마 밑에서 나왔다. 가방을 머리에 이고 걸었지만, 김제쌀상회 앞을 지날 때쯤에는 온몸이 흠뻑 젖어서 걷기조차 힘이 들었다. 그 때문인지 몸은 더 떨렸고, 집 앞에 이르렀을 때는 이가 부딪쳐서 소리가 났다. 나는 찌뻑거리며 겨우 대문 안으로 들어섰다.

일단 조심스레 불 꺼진 건넌방을 힐끗거렸다. 그런 다음 마당을 지나 안방 앞 툇마루 쪽으로 걸어갔다. 기다렸다는 듯 누나와 엄마의 목소리가 튀어나왔다.

"왜 우리가 이사를 가야 하는데? 우리가 뭘 잘못했다고?"

"뭘 잘못해서가 아니라…."

"아빠 때문에 그러는 거야? 사람들이 손가락질할까 봐? 엄마, 그러면 엄마가 지는 거야. 아빠가 미쳤고, 도둑이라는 걸 인정하는 거라고!"

"알아. 알지만 어떻게 해? 아무리 아빠가 결백해도 경찰서까지 다녀왔는데, 손가락질할 게 뻔한데."

"아니야, 엄마! 이사 간다고 나아질 것 같아? 그 동네에서는 어떻게 할 건데? 아빠를 다시 가두기라도 할 거야?"

도대체 무슨 소리를 하는 걸까? 이사라니? 그것도 아빠 때문에?

나는 가만히 툇마루에 걸터앉았다. 그런 채로 다시 건넌방을 쳐다보았다. 나도 모르게 한숨이 길게 터져 나왔다. 자꾸만 이가 부딪치는 소리가 나서 나는 어금니를 힘껏 물었다. 그런 채로 한쪽 벽에 기댔다.

다시 누나의 목소리가 튀어나왔다.

"설마 고모가 이사 가라고 한 거야?"

"고모도 지쳤겠지."

"하, 정말 고모 너무하시네. 중앙시장에 가게 열게 해 준 것도 우리 아빤데…."

"고모가 무슨 잘못이야. 아빠 돌아오시고 나서 고모 없었으면 어쩔 뻔했어. 아빠가 저만큼이나마 좋아지신 것도 고모 덕분이잖아."

"아무리 그래도 어쩜 그래?"

누나의 말에 엄마는 대꾸하지 않았고, 긴 한숨만 서너 번 들렸다.

나는 빗방울이 떨어지는 처마를 올려다보았다. 아무것도 보이지 않았고, 바닥에 물 떨어지는 소리만 들렸다. 나는 몸을 더 웅크렸다. 그래도 몸은 여전히 떨렸고, 도무지 다리를 가만히 둘 수가 없었다.

'아빠!'

나도 모르게 건넌방 쪽으로 쳐다보면서 속으로 중얼거렸다. 딱 그즈음이었다. 안방 문이 벌컥 열렸다. 그리고 엄마가 마루로 나왔다.

"아유, 깜짝이야. 신우, 너 언제 왔어? 비 맞으면서 어딜 쏘다니다가 온 거야?"

"이 새끼, 너 또 친구 쥐어팼다며? 잘하는 짓이다? 그렇지 않아도 아빠 때문에 뒤숭숭한데, 뭐 하는 짓이야?"

엄마는 내 젖은 어깨를 더듬었고, 누나는 등짝을 때렸다. 나는 꼼짝하지 않았다. 그럴 여유가 없었다. 몸이 너무나 떨려서 어찌할 바를 몰랐다. 일어나려고 했지만, 머리가 핑 돌았다. 그러다가 나는 마루에 철퍼덕 주저앉고 말았다.

"신우야! 얘가 왜 이래? 신우야! 어머! 얘가 온몸이 불덩이네!"

엄마의 목소리가 메아리치듯 들렸다. 틀림없이 마당은 캄캄했는데 눈앞이 하얗게 변했다. 아무것도 보이지 않았다.

"신우야! 정신 차려! 신우야!"

엄마의 목소리가 아련하게 들려왔다.

비밀

　…달아나다 보니, 어느새 밀림 속이었다. 이파리가 큰 야자수 사이사이를 요리조리 피해 뛰었다. 덤불을 타 넘었고 무성한 잡초들 사이를 기어가기도 했다. 그럼에도 여전히 검은 그림자 서넛이 뒤를 따라왔고, 간간이 총탄이 날아와 귓가를 스쳤다.

　땅! 땅, 따땅!

　그럴 때마다 나를 따르던 전우들이 하나씩 사라졌다. 처음에는 열댓 명쯤이었던 것 같은데, 이제 남은 사람은 서넛뿐이었다.

　'김 일병, 박 하사! 어디에 있어? 잘 따라오고 있지? 어서 밀림을 빠져나가야 해!' 내가 외쳤다. 틀림없이 내 입에서 튀어나온 소리였다. 그런데 목소리는 내 것이 아니었다. 아빠의 목소리였다. 설마…! 그리고 보니 내 몸도 아빠의 것이었다. 팔의 울퉁불퉁한 근육과 탄탄한 다리는 한참이나 밀림을 달렸음에도 조금도 지치지 않았다.

도대체 어떻게 된 걸까? 내가 아빠고, 아빠가 나인 걸까. 아니, 지금은 그게 중요한 게 아니었다. 그때쯤 나는 우리를 쫓고 있는 검은 그림자의 정체를 알아차렸다. 베트콩이었다. 하나도 아니고 서넛은 되어 보였다. 그들은 내가 아무리 빨리 달려도 쫓아왔고, 숨어 있어도 금세 알아차렸다.

나는 달리고 또 달렸다. 어떻게든 베트콩을 따돌리고 살아남아야 했다. 그 생각뿐…. 아니, 그때 또 한 가닥의 생각이 스쳤다. 나는 내게, 아니 내 속의 아빠에게 물었다. '아빠는 왜 총을 쏘지 않아요? 아빠는 사격도 1등이라고 했잖아요. 도망만 가지 말고 베트콩을 쏘아 버리면 되잖아요.' 그러나 나는, 아니 아빠는 그저 달아나기만 했다. 그런 아빠가 야속했다.

그런데 어느 때쯤일까. 기진맥진한 채 주저앉으려 할 때, 밀림이 사라지고 야트막한 산등성이가 나타났다. 왠지 낯이 익었다. 야자수가 사라지고 소나무 숲이 앞을 가로막았다. 나는 무작정 그 안으로 뛰어들었고, 오솔길을 따라 올랐다. 그러고 얼마 지나지 않아, 어디선가 본 듯한 무덤 두 개와 그 옆으로 새부리바위가 나타났다.

아! 나는 나도 모르게 고개를 끄덕이고 얼른 바위 뒤로 돌았다. 내가 만든 본부였다. 다행이다, 싶어서 얼른 안으로 뛰어들었다. 하지만 어이없게도 그 안에서 베트콩 셋이 튀어나왔다. '나가! 여긴 우리 본부야!' 베트콩 셋이 일제히 소리쳤다. 더 기가 막힌 것은, 놈들이 쓰고 있는 베트콩 모자 사이로 드러난 얼굴이었다. 명호와 정표와 철민이었다. 철민이가 왜?

'안 돼! 살려 줘!' 나도 모르게 외쳤다. 그러나 놈들은 새하얀 이를 드러내며 웃었다. 그리고 총을 겨누고 나를 밀쳐 냈다. 나는 다시 뒤로 물러났다. 하지만 그쪽에 베트콩이 서 있었다. '아빠, 총을 쏴요!' 나는 나도 모르게 외쳤다. 하지만 아빠는 이미 없었다. 나는 다시 내 몸이었다. 나는 아무것도 할 수 없었다. 그저 뒷걸음질만 쳤다. 그러는 사이에 나를 쫓던 베트콩이 다가왔다. '안 돼!' 나는 소리치며 눈을 질끈 감았다.

그리고 불끈 눈을 떴다. 눈앞이 환했고, 눈이 부셔서 뜰 수가 없었다. 창에서 들이비친 햇살 때문이었다. 나는 얼른 고개를 돌렸다. 그러자마자 내 눈앞에 아빠가 보였다.

아빠는 내 곁에 바싹 붙어 앉은 채 나를 내려다보고 있었다. 이상한 꿈이구나, 라는 생각을 할 틈도 없이 나는 몸을 일으켜 벽에 기댔다. 잠깐 머리가 띵하고, 어지러웠지만, 금방 나아졌다. 나는 재빨리 머리를 흔들어 정신을 가다듬었다. 그제야 비를 맞고 집에 돌아온 날부터 연이틀이나 심하게 앓았다는 사실이 떠올랐다. 어젯밤만 해도 온몸이 뜨거웠었는데, 지금은 한결 몸이 가뿐했다.

나는, 아빠를 쳐다보았다. 그러자마자 조금 전 꾸었던 꿈이 머릿속에서 되살아났다.

'내가 아빠가 된 걸까. 아니면 아빠가 내가 된…?'

그런데 그때였다. 아빠가 불현듯 나를 향해 손을 뻗었다. 이마를 만지려는 것 같았다. 하지만 나는 반사적으로 피했다. 그 바람에 내 몸은 옆으로 스르르 무너졌다. 얼른 바로 일어나 앉았다. 그러고는 얼결에 말했다.

"왜…. 왜 왔어요? 왜 이렇게…?"

"…?"

얼결에 뱉어 버린 질문에 아빠는 나를 빤히 쳐다보다가 고개를 갸웃거렸다. 그래서였을까. 그런 용기가 어디서 나왔는지, 나는 덧붙여 입을 열었다.

"약속했잖아요. 늠름하게 돌아온다고. 아빠가 나한테 편지했잖아요. 베트콩 모두 때려잡고 씩씩하게 돌아온다고…. 아빠는 약속 꼭 지키는 사람이라고…. 내가 아니라, 아빠가 그랬다고요. 아빠가…. 다들 아빠를 멋진 사람이라고…."

그 말을 하는 동안 나는 내내 더듬었고, 그런 나를 쳐다보는 아빠의 눈은 어느 때보다 반짝거렸다. 그 때문에라도 나는 아빠의 맑은 눈을 더는 쳐다볼 수 없었다. 나는 슬그머니 시선을 피했다.

그래서였을까. 아빠가 나를 조금 더 쳐다보더니 일어났다.

"또 어디 가려고요? 또 도둑질하러 가요?"

나도 모르게 그 말이 튀어나왔다. 내뱉자마자 후회했지만, 이미 늦은 뒤였다. 순간, 아빠가 잠시 머뭇거리는 듯하더니 그냥 방문을 열고 나갔다. 그 바람에 나는 한번 더 소리를 질렀다.

"어디 가느냐고요? 아빠 때문에 우리 이사 갈지도 모른단 말이에요. 제발 좀…. 아빠 때문에 이게 뭐냐고요?"

그래도 아빠는 그냥 가 버렸다.

'쳇! 그러거나 말거나.'

나는 혼자 중얼거렸다. 옆에 있던 베개를 주먹으로 내리쳤다. 그 바람에 먼지가 뽀얗게 일어났다. 나는 깊은숨을 내쉬었다. 그리고 다시 벌렁 누워 버렸다.

똑딱, 똑딱!

방 안엔 벽시계 소리만 가득했다. 나는 눈을 깜박거리면서 천장을 쳐다보았다.

쳇!

아까처럼 혼자 툴툴거렸다. 그러다가 나는 벌떡 일어났다. 그리고 벽에 걸려 있던 겉옷을 걸쳐 입고 밖으로 튀어 나갔다.

대문을 나서자 저 아래쪽에 아빠가 어깨를 늘어뜨리고 걸어가는 모습이 보였다. 나는 성큼성큼 걸어서 바로 뒤를 따라잡았다. 아빠는 내가 바투 쫓을 때까지 눈치채지 못했다. 나는 전봇대와 담장 모퉁이 뒤로 숨어 찬찬히 아빠를 쫓았다. 아빠는 빠르지도 느리지도 않게 걸었다.

아빠는 이제는 꽃잎이 거의 다 떨어지고 파란 이파리가 한껏 물든 벚나무 앞에서 잠시 멈추었다. 나는 얼결에 고개를 끄덕였다. 벚나무 옆 골목이 점박이 할머니 집으로 가는 샛길이었기 때문에.

아니나 다를까. 아빠는 그 길로 들어섰다.

결국 아빠는 예상했던 대로 점박이 할머니 집으로 들어갔다.

나는 얼른 내달아 초록 대문 앞에 바싹 다가섰다. 그리고 속으로 열을 센 다음, 두 뼘쯤 열려 있는 초록 대문 안쪽을 엿보았다. 안마당에도, 방문 앞 툇마루에도 아빠는 보이지 않았다. 나는 문을 조금 더 열고 이쪽저쪽을 다 돌아보았다. 그러다가 아빠의 신발이 방문 앞에 놓여 있는 것을 알아챘다.

나는 조심스럽게 안으로 들어갔다. 그리고 숨까지 잠시 멈추고 툇마루 쪽으로 걸어갔다. 방 안에서 말소리가 두런두런 들려왔다.

"오늘도 안 왔어요?"

"우리 진수? 응, 아직 소식이 없네. 전쟁이 끝나면 오려나? 자네가 그랬잖아. 우리 아들도 곧 돌아올 거라고."

"…."

"그나저나 자네는 오늘 또 왜 왔어? 나쁜 꿈 꿨어? 전쟁 나가는 꿈?"

"거긴 이제 안 가요. 무서워요. 죄 없는 사람도 막 죽고."

"전쟁터가 원래 그런 데야. 죄 없는 사람도 막 죽이고…. 육이오 때도 그랬어. 그 전쟁 끝나고 다시는 그런 일 없을 줄 알았는데…. 우리 영감은 뭐, 죄를 지어서 죽었나? 그저 피난 가다가 머리 위에 폭탄이 떨어졌어. 전쟁이 뭐, 사람 봐 가며 죽인대?"

얼핏 들으면, 그저 흔한 모자의 대화처럼 들렸다. 이따금 들르는 외할머니와 엄마가 나누던 대화 같달까. 아니, 엊그제 엄마랑 대화 나누던 때도 생각났다.

할머니의 말에 아빠는 잠시 말을 끊었다. 그러다가 기침을 두어 번 하더니 말을 이었다.

"우리 엄마도요. …지금도 기억나요. 엄마랑 나랑 두 여동생은 장사 나간 아버지를 기다리느라 피난을 가지 못했어요. 어느 날 밤이었어요. 사방에서 총소리가 들렸어요. 엄마와 우리 남매는 광에 숨어서 바들바들 떨었지요. 한참을 그러고 있는데 누군가가 문을 발로 차고 들어왔어요. 그러고는 구석에 숨어 있는 우리에게 플래시를 비추었어요. 나는 눈도 제대로 뜨지 못하고 벌벌 떨었어요…."

"그 이야기 또 하는 거여? 벌써 열댓 번은 더 했잖아."

"…그 사람들이 쑤군거렸어요. 누구는 죽여야 된다고 하고, 어떤 목소리는 그냥 두고 가자고 말했어요. 우리를 두고 하는 말이었어요. 그런데 어느 즈음에 그 사람들 뒤편에서 총소리가 여러 번 들리고, 가까이에서 한 번 들렸어요. 그리고 그 사람들은 서둘러 사라졌어요. 한참 뒤에 나는 눈을 떴어요. 그리고 조심스레 일어나는데, 엄마가 움직이지 않았어요. 막냇동생도…."

"그래. 알아. 안다고…. 그래서 전쟁터로 간 거라며? 빨갱이 놈들 혼내 준다고!"

"…."

"그런데 가 보니까 전쟁과는 상관없는 사람들이 막 죽어 나가고…. 그래서 자네는 월남에 가서 총을 쏘지 못한 거야? 그날이 생각난 게지. 엄마를 잃던 날의 그 끔찍한 날이 기억났던 거야. 똑같은 사람 될 수 없었을 게야."

"…."

"하긴, 그래. 자네가 쐈으면, 누군가는 자네처럼 어미를 잃었을 테니까. 잘했어. 잘했다고. 다른 사람들이 아무리 손가락질해도 나는 알지."

아빠는 더 이상 대꾸를 하지 않았다. 그 대신 무언가를 탁탁 두드리는 소리가 가볍게 들렸다. 아마도 할머니가 아빠의 어깨라도 토닥이는 모양이었다. 그러고 나서 방 안은 조용했다.

나는 잠시 고개를 들어 하늘을 쳐다보았다. 엄마와 대화를 나눌 때는 무언가 머릿속이 복잡하기만 하더니, 조금 전 들은 이야기는 조금이나마 이해가 됐다. 전부 다 알 수 있는 건 아니지만, 나는 그저 고개를 끄덕였다. 그리고 처마 밑 빈 제비집을 쳐다보며 아빠의 말을 되뇌어 보았다.

그 사람들이 왜 우리 엄마를 쐈는지 모르겠어요…. 그러고 나자 이상하게 가슴이 저릿했다. 아니 아팠달까. 그래서 나도 모르게 가슴을 쥐어뜯었다. 아니, 엄마 얼굴이 떠오르면서 공연히 숨이 막히는 것 같고 그 탓에 자꾸만 숨을 깊이 들이쉬고 내쉬고를 반복해야 했다. 왜 이러는 거냐고, 혼자 중얼거리기도 했다.

그런데 그때였다. 방 안에서 할머니가, "이럴 게 아니라 밥 먹어야지?" 하는가 싶었는데, 방문이 왈칵 열리면서 할머니가 나왔다. 그리고 얼결에 눈을 마주치고 말았다.

"할⋯."

나는 얼결에 입을 벌렸고, 그러나 곧바로 할머니가 손가락을 입에 대면서, "쉬이!" 소리를 냈다. 방 안쪽을 힐끔거리는 것으로 보아, 아빠를 의식하는 것 같았다. 나는 이러지도 저러지도 못한 채 머뭇거렸다. 그러자 할머니가 낮은 목소리로 물었다.

"어쩐 일로 왔어? 아빠 따라온 거야?"

나는 고개를 끄덕였다.

"괜찮아. 아빠는 괜찮을 거야. 좋은 사람이야. 알지?"

그렇게 말하면서 할머니가 내 쪽으로 바짝 다가왔다. 나는 무어라 대꾸해야 할지 몰라서 머뭇대기만 했다. 그러자 할머니가 내 손을 맞잡았다.

"얼마나 훌륭한 사람인데? 아무렴. 훌륭하고말고."

"왜⋯?"

할머니의 말에 나는 나도 모르게 혼잣말하듯 물었다. 물론 콕 집어서 아빠가 왜 훌륭하냐고 물은 건 아니었다. 갑작스럽게 튀어나온 그 짧은 질문에는 그것 말고도, 왜 아빠가 여기에 와 있는지, 할머니랑 무얼 했는지, 같은 물음도 다 포함되어 있었다. 그런데 그 한마디를 어떻게 알아들은 건지 할머니는, 으음, 하고 더듬는 듯하더니, 입을 열었다.

"이 할미가 혼자 산다고 대문이랑 방문 고쳐 줘, 방에 웃풍 분다고 스티로…. 뭐라더라? 그 허연 판때기 말이야. 그것도 대 주고, 저기 창고에 문도 달아 주고, 수도까지 고쳐 줬어. 첨엔 그걸 어디서 사다가 그러느냐고 막 야단했더랬는데, 알고 보니 쓰고 남은 걸 얻어 왔다더라고. 그뿐인 줄 알아? 내가 고물상에 물건 팔러 가는 날에는 꼭 구루마도 끌어 줬어."

그 말을 들으면서 나는 왜 아빠가 아파트 공사장과 할머니 집을 뻔질나게 들락거렸는지 이해가 됐다. 그토록 기를 쓰고 스티로폼이며 막대기까지 주워 모은 것도. 그럼에도 나는 묻고 싶은 게 있었다. '그럼. 아빠가 도둑질한 건 아니죠?'라고. 하지만 나는 묻지 못한 채 그럴 리 없을 거라고, 혼자 답했다.

그러고 있는 사이에 할머니가 툭 던지듯 한마디 더 했다.

"괜찮다고 여러 번 말했는데도 번번이 와서 하고 싶은 말도 하고, 그러다가 내 말동무도 해 주고…."

그 말을 듣다가 말고 나는, 이번에는 분명하게 물었다. 물론 입속으로.

'그러니까 왜요?'

그러자 할머니는 마치 질문을 들은 듯 내 손을 더 꼭 잡고 말을 이었다.

"아마 이 할미 아들도 월남에 가 있어서 그랬나 봐. 엄마 생각도 나지 않았을까, 싶기도 하고 말이야. …그런데 이 할미 아들은….
실종인가, 뭔가 됐다는구나. 그래서 2년째 편지도 오지 않아. 우리
나라 군대가 월남에서 거의 다 돌아왔다고 하는데도 말이야. 네 아
빠한테는 말 안 했어. 혹시라도 실망할까 봐."

"실종이요? 그건 못 돌아오는 거 아니에요?"

"네 아빠는 믿고 있으면 돌아올 거랬어. 그래서 기다려 보자고.
그동안 네 아빠가 이 할미 아들 노릇 한다던데?"

얼결에 되묻는 말에 할머니는 미소를 지으며 답했다. 나를 내려
다보면서 손을 더 꽉 쥐었다. 할머니의 손이 아주 따뜻했다. 나는
대꾸하지 못하고 그저 침만 꿀꺽 삼켰다.

할머니는 또 무슨 생각이 들었는지 더 말을 이었다.

"그래도 우리 신우는 얼마나 다행이야. 이렇게 훌륭한 아빠를
두었으니 말이야. 지금은 좀 아파도 금방 나아질 거야. 그렇지?"

나는 대답하지 않았다. 아무런 할 말이 없었다. 방 쪽을 힐끔 돌
아보기만 했다. 그러자 할머니가 문득 자리에서 일어났다. 그러더
니 나에게 말했다.

"너도 밥 먹고 가. 아빠랑 같이. 집에 가 봐야 엄마 없지? 돈 벌러
가셔서 안 오셨을 거 아니야. 할머니가 누룽지 맛있게 끓여 줄게.
어여 방으로 들어가. 응?"

"…."

나는 대답도 하지 못했고, 이러지도 저러지도 못한 채 엉거주춤

한 자세로 머뭇거렸다. 그러자 할머니가 내 엉덩이를 툭툭 쳤다.

"어서! 아빠랑 이야기도 하고…."

할머니는 아예 손목을 잡아끌었다. 하는 수 없이 나는 신발을 벗었다. 그리고 할머니가 미는 대로 방 안으로 들어갔다. 아빠가 방 한쪽에 동그마니 앉아 있었다. 내가 바스락거리며 인기척을 내자, 아빠는 비로소 이쪽을 쳐다보았다. 하지만 그리 놀라는 표정은 아니었다. 잠시 쳐다보다가 알 수 없는 미소를 지었다. 나는 그런 아빠 옆으로 다가가 적당한 거리를 두고 앉았다.

뜻밖의 진실

생각했던 대로 본부에는 아무도 없었다. 하긴 할머니 집에서 나온 시간이 오후 1시였으니, 그 시간에 본부에 누가 있을 리 없었다. 학교 수업이 끝나려면 아직 2시간이나 더 지나야 했으니까.

나는 본부에 들어가자마자 인상을 잔뜩 썼다. 바닥에 깔았던 장판은 찢어져 있었고 벽을 막았던 스티로폼은 부서진 채 조각나 바닥에 뒹굴었다. 천장을 가렸던 판자에도 구멍이 뚫려 휑했다. 한쪽 구석에는 불을 피웠었는지 나무가 타다 만 흔적도 있었다.

나는 바닥에 흩어진 담배꽁초를 발로 밀어내고, 그나마 깨끗한 쪽을 가려서 주저앉았다. 그리고 한쪽 다리가 잘려 나간 앉은뱅이 책상을 끌어당겼다. 철민이가 집에서 쓰지 않는다고 가져온 것이 었는데, 문득 그 위에 도화지를 올려놓고 작전 회의를 한다면서 색연필로 지도를 그리던 게 생각이 났다.

아니, "대장, 우리 소대를 둘로 나누어서 한쪽은 좌측 개구리 고지 남쪽으로 공격합시다!"라던 철민이의 목소리까지 들리는 듯했다. "최선의 방어는 공격이랬습니다. 해 질 무렵, 적을 기습해야 합니다"라며 아는 체하던 태광이의 말도. 아, 그럴 즈음에 명호도 한쪽에서, "무리한 공격은 아군에게도 피해를 줄 테니, 유인작전도 써야 합니다!"라는 말도 했었다. 그런 기억들이 스쳐 지나자 입안에 쓴 침이 고였다. 그래도 기억은 그치지 않았다. 한번은 무서운 이야기를 주고받으면서 밤을 새우기도 했다. 그다음 날 엄마한테 등짝을 수도 없이 맞았지만. 각자 먹을 것을 가져와 나누어 먹기도 했고, 만화책을 잔뜩 쌓아 놓고 킥킥대기도 했다. 딱 한 번 아빠가 나타난 적도 있었다. 상수리나무 이쪽저쪽에 번갈아 가며 몸을 숨기며, 천천히 본부 쪽으로 접근했다. 마치 전투 중인 병사처럼. 그런 아빠를 억지로 산 아래로 끌고 내려가느라고 힘들었다. 때마침 누나가 달려오지 않았으면, 산에 올라오던 아이들도 부딪쳤을 것이었….

아, 아빠.

생각이 급격히 아빠 쪽으로 방향을 틀었다. 사진 속 늠름한 모습이 가장 먼저 떠올랐고, 월남에서 돌아오던 날 원주역에서 보았던 모습과 스스로 방에 틀어박혀 멍하니 천장만 바라보던 얼굴, 그리고 몇 시간 전 점박이 할머니 집에서 보았던 그 낯선 모습까지….

아빠는 할머니 집에서도 벽만 쳐다보았다. 그 집 벽에는, 철모를 쓴 군인 사진이 걸려 있었다. 할머니의 아들인 모양이었다. 아빠보다 훨씬 젊은 청년의 모습이었고, 잘생긴 얼굴이었다. 아빠는 할머니가 펄펄 끓는 누룽지 밥이 담긴 냄비를 가지고 들어올 때까지 그런 채로 앉아 있었다.

아빠는 할머니와 셋이 둘러앉아 누룽지 밥을 먹으면서도 말이 없었다. 그저 묵묵히 구수한 누룽지 밥을 반복적으로 떠서 입에 넣을 뿐이었다. 그러자 할머니가 아빠의 수저에 김치를 올려 주었다. 그걸 보고 무얼 생각했는지 아빠는 내 수저에 김치를 올려놓았다. 아빠도 나도 말없이 김치를 받아먹었다. 그러는 중에 할머니가 말했다.

"우리 진수가 이 누룽지를 얼마나 좋아했게. 먹을 게 마땅치 않아서 만들어 주곤 했던 건데, 그리도 좋아할 줄은 몰랐지. 지금은 이렇게 끓여 먹지만, 월남 가던 날에는 마른 누룽지를 주머니에 잔뜩 넣어 줬어. 어때? 자네도 맛있나? 우리 아들내미도?" 그러면서 할머니는 내 엉덩이를 여러 번 토닥이며 웃었다.

하아!

나도 모르게 긴 숨을 내쉬면서 나는 생각을 멈추었다. 그리고 일어나 본부 밖으로 나왔다. 해가 지려는지 숲이 어둑어둑했다. 살짝 무서운 생각이 들었다. 하지만 나는 서너 걸음 걷다가 말고 돌아섰다. 그리고 본부 앞으로 다시 갔다. 그리고 있는 힘을 다해서, 그렇지 않아도 잦바듬한 오른쪽 기둥을 발로 걷어찼다. 본부 전체가 흔들렸다. 한번 더 힘껏 찼다. 조금 전보다 더 흔들렸고, 힘 껏 내차자 기둥이 옆으로 쓰러졌다. 그리고 지붕이 내려앉았고, 옆을 지탱하던 나뭇가지와 판자들이 부서지며 안쪽으로 와르르 무너졌다.

쳇!

나도 모르게 그런 소리를 내고 나는 돌아섰다. 솔직히 마음이 그리 편치 않아서였다. 본부 만든다고 얼마나 힘들었는데. 땅을 파고 고르게 다지고, 벽도 긁어서 면적도 넓혔다. 아파트 공사장을 오가며 버려진 판자와 스티로폼을 가져와 사방을 꾸미기까지…. 나는 열댓 걸음 걷다가 뒤를 한번 돌아보았다. 그리고 다시 주먹을 불끈 쥐고 부지런히 산 아래를 내려갔다. 바람이 불어와서인지 자꾸만 눈앞이 물기에 젖는 느낌이었다. 그래서 나는 더 서둘러 걸었다.

아이들과 마주치기 싫어서 학교 뒷담을 돌아 골목을 돌고 김제 쌀상회 앞에 이르렀을 즈음에는 해가 져서 어두웠다. 그런데도 언덕으로 오르는 삼거리에는 아직 가로등이 켜지지 않아서 왠지 다른 때보다 더 을씨년스러웠다. 나는 걸음을 서둘렀다.

그런데 그때쯤이었다. 어디선가 소방차 사이렌 소리가 들려왔다. 그냥 그러려니 하다가 나는 불현듯 언덕 위쪽을 올려다보았다. 노을이 아직 남았는지, 그편의 하늘빛이 붉었다. 이상한 건 그다음이었다. 붉은빛 하늘 위로 검은 연기까지 치솟고 있었다. 그리고 그걸 깨달았을 즈음, 소방차 소리가 더 가까워졌다.

나는 반사적으로 고개를 갸웃거렸다. 그리고 무심하게, 어디서 불이 난 건가, 했다. 그런데 잠시 후, 주황빛 하늘을 쳐다보면서, 저 방향이면 우리 동네잖아, 라면서 나도 모르게 인상을 썼다. 그러자마자 덜컥 겁부터 났다. 왜냐하면 밑도 끝도 없이 우리 집일지도 모른다는 생각이 스쳐서였다.

그리고 동시에 사이렌 소리가 귀를 찢었고, 기다렸다는 듯 소방차가 김제쌀상회 삼거리에 들어섰다. 새빨간 경광등 여러 개가 어지럽게 돌아가고 있었다. 이어 잠시 머뭇거리던 소방차가 좁은 언덕을 올라왔다. 나는 담벼락에 바짝 붙어서 소방차가 지날 때까지 기다렸다가 곧바로 차의 꽁무니를 따랐다. 그러는 동안 이 집 저 집에서 사람들이 뛰어나왔다.

소방차가 멈춘 곳은 철민이네 집으로 들어가는 좁은 골목 부근이었다. 소방관 몇 명이 내리더니 재빨리 소방 호스를 풀어 철민이네 집 반대편 골목 안으로 뛰었다. 그걸 보면서 나도 뒤를 따랐다.

"비켜요! 물러나세요!"

소방관이 소리쳤고, 골목에 모여 있던 사람들이 벽 쪽으로 붙어섰다. 그즈음에서야 나는 불길이 어디에서 치솟고 있는지 정확히 알 수 있었다. 명호네 집이었다. 나는 서성대며 불구경을 하는 사람들 사이를 요리조리 파고들었다.

"아니, 도대체 무슨 일이야? 누가 불을 낸 게야?"

"아까 낮부터 송 사장이 술 먹고 새댁네랑 다투었다잖아. 결혼 반지 훔쳐 간 게 송 사장이라면서 고래고래 소리 지르고 난리였어."

"하긴 송 사장이 술만 마시면 술주정이 보통이 아니지. 그래서?"

"그래서는 뭐가 그래서야. 서로 밀치고 그러다가 새댁네 곤로가 엎어졌대. 자세한 건 나중에 물어보면 알겠지."

"아니, 그러면 저번에 떠들썩했던 좀도둑이 강 상사가 아니란 말이야?"

"그런가 보지. 명호 아빠가 무슨 빚을 져서 그랬다, 그러기도 하고. 차차 밝혀질 테지."

모여 선 아저씨와 아줌마 들이 나누는 이야기가 귀에 들어왔다. 송 사장은 명호 아빠였다. 나는 그런 말을 들으며 더 앞으로 나아 갔다. 또 다른 이야기가 귓가를 적셨다.

"저걸 어째 새댁네 애들 다 빠져나온 거여?"

"그 옆방 공장 다니는 순덕이 자매는…. 어머나! 저게 뉘여? 불 난 집에서…. 강 상사 아니여?"

그 말에 나는 불타는 집 쪽으로 더 나아갔다. 불은 명호네 집 본 채 옆 건물들 쪽으로 번져 갔고, 소방 호스의 물줄기가 그쪽으로 뻗어 나갔다. 그런데 그때였다. 사방이 연기로 자오록한데, 그 속에서 누군가 비틀거리며 걸어 나오고 있었다. 아빠였다. 혼자가 아니었다. 누군가를 들추어 업고 있었는데….

아, 나는 그때 이상한 광경을 목격했다. 사방에서 폭탄이 터지고 그 속에서 아빠가 누군가를 구해서 탈출하는 바로 그 모습이었다. 총소리가 귀를 찢고, 파편이 귓가를 스쳤다. 뒤편으로 거대한 불길이 쫓아왔다. 그런데도 아빠, 아니 강 상사는 조금의 망설임도 없이 부상당한 사람들을 업고, 부축하며 달렸다. '강 상사, 위험해. 너라도 살아남아야 해!' 어디선가 그런 목소리가 들렸지만, 강 상사는 상관하지 않았다. 불길이 덮쳐 왔지만, 강 상사는 제 몸으로 사람들을 덮어 불길을 막았다. 그걸 보고 내가 소리 질렀다.

"안 돼! 아빠!"

나는 앞으로 달려 나갔다. 동시에 아빠와 눈이 마주쳤다. 그러나 나보다 한 발 앞서 불길이 한번 더 아빠를 휘감았고 나는 멈칫거렸다.

"아악!"

아빠가 소리치며 넘어졌다.

그와 함께 눈앞의 장면은 현실로 돌아왔다. 아빠가 등에 업혀 있던 여자와 함께 맥없이 쓰러졌다.

"아빠!"

나는 나도 모르게 소리치며 앞으로 달려갔다. 그러나 순간 누군가 내 팔을 붙잡더니 거칠게 끌어당겼다.

"괜찮아! 보지 마. 아빠는 괜찮을 거야!"

엄마의 목소리였다. 그럼에도 불구하고 나는 몸부림쳤다. 그리고 울부짖었다.

"엄마, 아빠가…. 아빠가!"

"괜찮아. 아빠는 씩씩하니까."

엄마의 목소리가 이상하게 메아리처럼 들렸다. 나는 엄마의 품속에 파묻혀 계속 울었다. 참으려 했지만, 눈물이 그치지 않았다. 게다가 이상하게 아빠처럼 내 온몸에서도 힘이 빠졌다.

'아빠를 살려야 해!'

나도 모르게 그렇게 중얼거리고 있었지만, 아무것도 할 수가 없었다. 나는 눈을 감았다.

정신을 잃은 것인지 그냥 잠에 빠진 것인지 알 수가 없었다. 눈을 떠 보니, 흰색 천장이 눈에 들어왔고, 벽 대신 또 흰색 커튼이 보였다. 그러고 나서야 누나의 얼굴이 눈에 띄었다. 나는 화들짝 놀라 몸을 일으켰다. 커튼 사이로 간호사 누나들이 오가는 모습이 보였다.

"누나, 아빠는?"

나는 제풀에 놀라 물었다.

"아빠는 수술실에서 막 나와서 병실로 가셨어. 큰일은 없을 거래. 화상을 좀 입으셨고, 연기를 많이 마셔서…. 아니, 그보다 넌 어딜 싸돌아다닌 거야? 아직 몸살 안 나았다고, 학교도 가지 말고 집에 있으랬더니, 왜 너까지 이 난리냐고?"

누나의 뒷말이 거칠어졌다. 소리는 높지 않았지만, 짜증이 묻어났다.

"그럼, 여기는⋯."

나는 얼결에 되물었다. 그러자마자 때마침 커튼이 훅 젖혀지더니 간호사가 들어왔다.

"깨어났어요? 어디, 잠시만요."

그리고 간호사는 청진기를 내 가슴에 대 보고, 눈을 까 보기도 했다. 맥박을 재고 얼굴색을 살폈다.

"괜찮을 거예요. 몸살 후에 잠시 기운이 빠진 거로 생각하면 돼요. 이제 여기서 나가도 돼요. 며칠 동안은 조심하고요."

그 말에 나는 병원 침대 아래로 내려와 신발을 신었다. 그리고 누나에게 물었다.

"아빠는 어딨어, 누나?"

그러자 누나가 턱짓하며 먼저 걸어갔다.

사람들이 북적이는 로비를 지나 한쪽 계단으로 올랐다. 간호사와 의사 여럿이 스쳐 지났다. 급한 마음에 나는 한번에 계단을 두 칸씩이나 올랐다.

"어딘데?"

뒤돌아보며 누나에게 물었다. 하지만 누나는 이번에도 턱짓만 했다. 그 때문에 나는 병실 앞에 쓰인 이름을 일일이 확인해야 했다. 마침내 나는 곧 문 앞에서 아빠 이름이 박혀 있는 이름표를 발견했다. 나는 얼른 입원실 안으로 들어갔다. 왼편에는 낯 모르는 아저씨가 서 있었고, 엄마는 오른편 안쪽 병상 너머 보조 의자에 앉아 있었다. 나를 쳐다본 엄마가 서둘러 입에 손가락을 댔다.

아빠의 얼굴보다 왼쪽 머리와 시트 밖으로 나온 오른쪽 팔에 감긴 붕대가 먼저 눈에 들어왔다. 가까이 다가가 보니, 아빠는 얼굴을 잔뜩 찌푸린 채 잠들어 있었다.

'아빠!'

나는 속으로 가만히 중얼거렸다. 그러자 엄마가 낮은 목소리로 말했다.

"아빠는 괜찮으실 거야."

그러나 나는 아빠가 괜찮지 않아 보였다. 그 때문에 울음이 나오려 했다. 얼른 엄마가 토닥이지 않았다면 나는 울음을 터트릴 뻔했다. 가만히 엄마 옆에 가서 앉았다. 그리고 아빠를 쳐다보았다. 그러면서 또 중얼거렸다.

'아빠….'

그런데 이번에도 우연치 않게 엄마가 말했다.

"아빠가 잠들기 전에 네 이름을 부르더라!"

"아빠가요?"

나는 되물었다. 그러면서 머릿속으로는 불구덩이에서 달려 나오던 그 순간을 떠올렸다. 마치 전쟁 영화 속의 아빠를 보는 듯했던 그 장면에서 나와 눈이 마주치고…. 아, 그때였나? 나는 다시 아빠의 얼굴을 쳐다보았다. 그러나 아빠는 여전히 이마를 잔뜩 찡그린 채 잠들어 있었다.

나는 생각했다.

'아빠가 나를 왜 불렀을까. 나에게 무슨 말을 하고 싶었던 걸까. 어쩌면 어느 날 밤 엄마에게, 혹은 어제 점박이 할머니에게 한 말을 또 하고 싶었던 건 아닐까. 그럼 나는 무슨 대답을 해 주어야 할까.'

아무 생각이 나지 않았다. 그래서 얼결에 고개를 두어 번 가로저었다. 그러다가 한 가지 스치는 말이 있었다. "똑같은 사람이 될 수 없었을 게야"라고 했던 할머니의 말이다. 그 바람에 나는, 이번에는 고개를 끄덕였다. 그리고 붕대에 감긴 아빠의 손을 잡았다. 그리고 아빠의 얼굴을 가만히 들여다보았다. 그러자 엄마와 나누던 대화, 그리고 할머니와 나누던 대화의 내용이 조금은 더 이해될 듯도 했다. 그래서였을까. 공연히 가슴이 쓰렸다.

그런데 그런 내 마음이 전해지기라도 한 건지 문득 아빠가 몸을 조금씩 움직였다. 그러더니 아주 낮은 목소리로 말했다.

"시, 신우야…."

나는 귀를 기울였다. 그러나 아빠의 입술이 쉬이 움직이지 않았다. 한쪽으로 실그러진 눈을 자꾸만 끔틀댔다. 나는 한참을 기다려야 했다.

이윽고 꽤 시간이 지난 뒤에, 입술이 꼬물거리듯 움직였다. 그것뿐이었다. 소리가 나지 않았다. 나는 그것만으로 소리를 짚어 내야 했다. 아빠가 말하고 있었다.

'미안해.'

나는 그렇게 생각했다. 하지만 나는 찬찬히 고개를 저었다. 아빠가 분명히 알아볼 수 있게. 그리고 아빠처럼 입술만 움직여 소리 나지 않게 말했다.

'아니에요. 괜찮아요. 아빠는 아무 잘못이 없어요.'

임시 반장

유독 눈부신 햇살 때문인지, 불에 타다가 만 새댁 아줌마네 집과 명호네 집은 어제 보았을 때보다 훨씬 흉물스러워 보였다. 나는 그 모습을 한참이나 바라보고 서 있었다. 문득 전쟁터를 누비던 아빠의 환상을 보았기 때문에 더 그런지도 몰랐다. 철민이가 학교에 늦는다며, 팔목을 잡아끌지 않았으면, 더 오래도록 보고 있었을지 모른다.

나는 어쩌지 못하고 시커멓게 그은 집을 힐끗 보고 언덕 아래쪽으로 걸어가기 시작했다.

"명호 이사 간 거 알지?"

"…."

"우리 엄마 말로는…. 어제 일요일 새벽에 필요한 짐만 싸서 떠났대. 아무리 그래도 명호 그 자식 한마디 말도 없이 가 버리네. 오늘 학교 안 오겠지?"

내가 말없이 걷기만 하자, 철민이는 한마디 더 했다. 나는 맥없이 고개만 끄덕였다. 그리고 주머니에 손을 넣은 채로 어젯밤 명호가 가져다준 배지를 만지작거렸다.

병실에서 아빠의 붕대 감은 손을 잡은 채 졸고 있을 때, 물을 뜨러 나갔던 누나가 내 어깨를 툭툭 두드렸다. 그래서 고개를 들어보니, 누나가 밖으로 나가 보라는 눈짓을 보냈다. 그래서 나가 보니 뜻밖에도 유미가 서 있었고, 유미는 나를 이끌고 병원 건물을 빠져나와 병원에 달린 작은 휴게 공원으로 갔다. 화단과 벤치가 길을 따라 놓여 있었다. 그리고 유독 밝은 가로등 아래 누군가 서 있었다. 명호였다.

나는 잠시 걸음을 멈추었다. 그러자 유미가 얼른 다가와서 내 팔을 끌어당겼다. 하는 수 없이 나는 끌려갔다.

명호가 쭈뼛거리면서 다가왔다. '너 뭐냐?'라는 말이 입가에 맴돌았다. 불이 났을 때, 사람들이 하는 말이 떠올라서였다. 아니, 아직 확인할 수는 없었지만, '너희 아빠가 도둑이었다며?'라는 말까지 목구멍을 간질였다. 더 게정거리고 싶지 않아서 억지로 참았다.

그즈음, 명호가 내 쪽으로 한 걸음 다가오며, "나 이사 가"라고 말했다. 나는 대꾸하지 않았다. 어쩌라고? 그렇게 되묻고 싶었지만 기다렸다. 그냥 맞보기만 했다. 그러자 명호가 주머니에서 무언가를 꺼내 내밀었다. 명호의 손에는 아빠가 월남에서 보내 준 그 배지가 덩그러니 놓여 있었다. 항상 옷깃에 달고 다니던, 나에게는 훈장 같았던 바로 그 배지였다. 잃어버려서 며칠 동안 온 동네를 헤매고 다녔던 기억이 바로 떠올랐다.

나는 배지와 명호의 얼굴을 번갈아 쳐다보았다. 그러나 녀석은 무슨 생각이 들었는지, "후, 훔친 거 아니야. 운동장에 떨어져 있던 걸 내가 주운 거야. 알아. 진작에 돌려줬어야 했는데…. 미안해. 늦어서"라고 더듬거리며 말했다. 도둑이 제 발 저린 꼴이랄까. 나한테는 그렇게 들렸다.

그 때문에 나는 쭈뼛거리는 명호에게 무어라 할 말이 없었다. 그래서 잠시 고개를 숙이고 머뭇거리는 녀석을 쳐다보기만 했다. 그러다가 처음 했던 말이 떠올라서 물었다. "이사 간다고? 왜? 이렇게 갑자기? 아빠 때문에?"라고. 한번에 여러 개의 질문을 쏟아 놓고 말았다. 더구나 마지막 물음은 얼결에 내뱉은 것이었다. 그러자 질문에 당황한 걸까, 명호는 "어차피 집이 그래서…. 우선 춘천 이모네 집으로 간대. 아빠는 경찰서에…"라면서 조금 전보다 더 더듬었다. 그런 다음에는 더 이상 말을 잇지 못했다. 나는 여전히 어떻게 해야 할지 몰라서 그저 보고만 있었다. 그러자 명호가 잠시 고개를 들고 마지막으로 한마디 했다.

"잘 있어…"라고. 그리고 명호는 돌아섰다. 나는 녀석이 가로등 불빛 아래에서 멀어질 때까지 녀석의 등만 쳐다보았다.

나는 생각을 떨어내고 부지런히 걸었다. 그러면서도 어젯밤 어둠 속으로 사라질 때 보았던 명호의 축 처진 등이 자꾸만 기억났다. 그래서 그마저 머릿속에서 걷어 내기 위해서 더 빨리 걸었다.

"야, 갑자기 왜 이렇게 빨리 걷는 거야?"

철민이가 투덜대면서 쫓아왔다. 그러거나 말거나 나는 얼른 교문을 통과해서 운동장을 가로질렀다.

나는 교실로 들어가 가만히 자리에 가서 앉았다. 예상은 했지만, 명호의 자리는 비어 있었다. 왠지 마음이 편치만은 않았다. 어쩌면 유미의 말 때문인지도 몰랐다. 명호가 어둠 속으로 사라진 다음, 유미가 그랬다. "네가 좋으면서도 부러웠대. 이길 마음이 있었던 것도 아니래. 그냥 네가 하는 거 한번쯤은 해 보고 싶어서 그랬고, 싸우고 싶었던 것도 아니래. 반장도 다른 아이들이 부추겼대. 맨날 너만 하니까, 너를 시샘하는 아이들이 많았대. 그러는 바람에 명호도 얼결에…. 그러다 보니 걷잡을 수 없었다고. 미안하댔어. 전부 다! 그래서 이사 가기 전에 꼭 만나겠다고 한 거야."

그리고 유미는 자신이 명호를 만난 것도 다른 아이들 말 듣지 말고 나와 친하게 지내라고 설득하려고 그랬다는 말도 했다.

나는 영어책을 펴 놓고 그 위에 엎어졌다. 그런 채로 머리를 저었다. 또다시 생각이 많아져서였다.

휴우!

나는 길게 한숨을 쉬었다. 그런데 그때쯤, 뒤쪽에서 아이들이 한두 마디씩 떠드는 소리가 들려왔다.

"아니, 그러면 명호네 아빠가 좀도둑이었던 거야?"

"아빠가 무슨 사업에 실패해서 빚에 시달렸다나, 뭐라나. 그래서 돈 되는 건 다 훔치고 다녔대."

"그래서 명호네 아빠는 경찰서 가고, 명호는 엄마랑 다른 데로 내빼고?"

나는 귀를 막았다. 듣기 싫었다. 하지만 그럼에도 불구하고 불이 난 다음 날 아침, 문병을 온 동네 아저씨들이 병실에서 하는 소리가 되살아났다. 그때, 연탄 가게 아저씨가 그랬다. "이것저것 훔쳐서 죄다 팔아넘기다가 새댁네 반지가 하나 남았던 모양이지? 새댁네가 송 사장네 김치 얻으러 가서 앉아 놀다가 경대 서랍에서 본 모양이야. 어디서 훔쳤는지 모르는 시계가 두 개나 더 있었다지? 그걸로 물고 뜯고 싸우다가…." 그 말이 생생하게 기억났다. 하지만 채 기억을 다 떠올리기도 전에, 앞쪽에서 큰 소리가 들렸다.

"자, 반장…. 아, 참! 명호는 오늘 못 온다고 했으니까. 음, 임시로 부반장이 인사할까?"

그러자 아이들이 웅성대면서 두리번거렸다. 그러더니 시선이 내게로 향했다. 나는 잠깐 아이들이 왜 그러는지 몰라서 갸웃거렸다. 그때 철민이 옆구리를 찌르며 말했다.

"네가 부반장이잖아."

그 바람에 나는 슬며시 일어났다. 그리고 떼어지지 않는 입을 열었다.

"차, 차렷! 경례!"

나는 더듬었고, 내가 듣기에도 소리는 작았고, 힘이 없었다. 그래서였는지 "안녕하세요!"라는 아이들의 합창 소리도 크지 않았다. 여기저기서 따로 목소리를 내는 아이들도 있었다. 그러자 선생님이 다시 말했다.

"왜 이렇게 기운이 없어. 다시!"

하는 수 없이 나는 침을 꿀꺽 삼키고 소리를 높였다.

"차렷! 경례!"

"안녕하세요, 선생님!"

아이들이 일제히 소리를 높였다. 그제야 만족했는지 선생님이 고개를 까닥 숙여 보였다. 그런 다음 말했다.

"자, 이제 곧 5월이야. 그래서 오늘은 대청소할 거야."

그 말이 끝나기 무섭게 아이들이 우우, 소리를 냈다. 그러자 선생님은 출석부로 교탁을 두드려 댔다.

"자, 그만! 너희가 공부할 교실이잖아. 그리고 중간고사가 얼마 안 남았고. 오늘 선생님이 영어 예상 문제 프린트한 거 나눠 줄 테니까. 내일까지 풀어 오고. 반장, 아니 부반장은 조회 끝나면 선생님 따라와서 교무실에서 받아 가. 자, 그러면 조회 끝!"

선생님 말에 나는 다시 일어났다. 그리고 아까처럼 인사를 했다. 그런 뒤에 자리에 앉았다. 하지만 곧바로 철민이 옆구리를 또 찔러 댔다. 돌아보았더니, 철민이 문 쪽을 향해 턱짓했다. 나는 아차, 싶어서 일어났다. 그리고 곧바로 교실 밖으로 나갔다.

복도를 걷는데 가슴이 뛰었다. 아무리 숨을 몰아쉬고 들이쉬어도 진정되지 않았다. 머릿속도 복잡했다. 아무런 생각도 하고 싶지 않았지만, 그렇게 마음먹을수록 도리어 머릿속이 꼬이는 기분이랄까.

나는 교무실 앞에서 큰 숨을 내쉬고 안으로 들어갔다. 그리고 담임 선생님 자리로 걸어갔다. 선생님 책상 위에 시험지가 잔뜩 쌓여 있는 게 먼저 눈에 들어왔다.

"이거 갖고 가면 될까요?"

"응! 모두 세 종류인데, 한 장씩 나눠 주고 풀어 오라고 하면 돼!"

내가 묻자 선생님이 앉은 채 나를 올려다보면서 대답했다. 나는 그 말에 꾸벅 고개를 숙였다. 그리고 시험지 뭉치를 들고 한 걸음 뒤로 물러났다. 그런데 그때 선생님이 다시 나를 불렀다.

"신우야. 그리고 부탁할 게 있는데…."

나는 선생님의 말에 눈을 깜빡거리며 기다렸다. 그러자 선생님이 말을 이었다.

"명호 전학 간 거 알고 있지?"

나는 네, 라고 짧게 대답하며 고개를 끄덕였다.

"그래서 말인데, 반장을 다시 뽑는 것보다 1학기 동안은 신우가 임시 반장을 계속 맡아 줬으면 하는데?"

"네?"

"물론 반 친구들에게도 물어볼 거야. 네 생각은 어때?"

"저는….."

그런데 그때였다. 대답을 못 하고 머뭇거리고 있는데, 문득 저편에 있던 체육 선생님이 벌떡 일어나면서 큰 소리로 말했다.

"이제, 월남전이 끝나는 모양입니다."

그 말에 책상 앞에 앉아 있던 선생님들이 여기저기서 일어났다.

"무슨 말이에요?"

"이것 보세요."

누군가 말했고, 체육 선생님은 라디오의 볼륨을 높였다.

"…오늘 아침, 북베트남 군대가 남베트남의 수도 사이공을 점령했습니다. 조금 전, 남베트남 대통령인 즈엉반민이 북베트남에 항복함으로써 15년 동안 이어진 베트남전쟁이 사실상 막을 내리게 되었습니다. 대한민국은 그동안 연인원 약 30만 명을 파병하여 남베트남을 도왔으나, 이런 노력에도 불구하고 남베트남은 북베트남에 점령된 것입니다. 향후 남베트남의 운명은….."

그즈음 다시 선생님들이 여기저기서 한마디씩 했다.

"어휴! 결국 베트콩한테 진 거네요? 그렇게 될 거였으면 뭐 하러 파병했대? 어떻게든 이겼어야지!"

"그나저나 우리나라 사람들 불쌍해서 어떻게 하느냐고요? 죽은 한국군만 5000명이랍디다. 실종자 수만 해도….. 또 다친 사람은 얼마나 많을 거예요?"

"내 말이 그 말이야. 에잇, 몹쓸 세상 같으니라고. 전쟁 나면 우리 같은 사람들만 죽어 나가잖아? 이게 말이 되냐고! 누구를 위해서 전쟁을 하는 거냐고?"

마지막을 신경질 내듯 토해 낸 사람은 머리가 희끗희끗한 기술 선생님이었다. 6·25 때 군인이었다고 들은 기억이 났다. 아니, 가끔 수업하다가 말고 전쟁 때 이야기도 하곤 했었다. 그래서 더 소리를 높인 게 아닐까, 싶었다. 어쨌든 기술 선생님의 말이 가슴을 찌르는 기분이었다.

아니, 기술 선생님의 그 말속에 아빠의 말이 겹쳐서 들린다는 느낌이 들어서인지도 몰랐다. 나는 침을 꿀꺽 삼켰다. 그 사이, 선생님들은 또 몇 마디 주고받았다. "그래요. 인제 그만 끝낼 때도 됐죠. 그 나라 사람들은 얼마나 힘들겠어요.", "그러나저러나 어제 뉴스를 들으니까, 공산당이 싫다면서 무작정 보트 타고 바다로 나간 사람도 있대요. 그 사람들은 또 어떻게 하느냐고요?"라는 말들이 오갔다.

나는 얼결에 고개를 끄덕였다. 그런데 그때, 내 마음을 알아차리기라도 한 것일까. 담임 선생님이 내 손을 꼭 잡았다. 그리고 나를 똑바로 바라보았다. 그러고는 고개를 끄덕였다. 입술을 움찔거렸지만, 무어라 말하지는 않았다. 다만 선생님은 일어나 내 어깨를 두드려 주었다.

선생님은 무슨 말을 하고 싶었던 것일까. 잠시 후, 나는 뒤를 돌아 교무실을 나왔다. 그리고 복도를 걸으면서 중얼거렸다.

'아빠, 전쟁이 끝났대요!'

그런데 이상한 일이었다. 그렇게 중얼거리고 나자 자꾸만 뛰던 가슴이 잠잠해졌다. 무겁던 어깨마저 조금은 가붓해진 느낌이었다. 아니, 무엇보다 엄마와 나누던 아빠의 말도 이해가 될 듯했고, 할머니와 주고받던 이야기도 얼추 알아들을 것 같았다. 그 바람에 나는 나도 모르게 고개를 끄덕이고 있었다.

얼른 집으로 달려가 아빠에게 말하고 싶었다.

나는 교실로 돌아와 시험지를 종류별로 아이들에게 나누어 주었다. 그러면서도 끊임없이 중얼거렸다.

'아빠, 전쟁이 끝났대요. 베트콩한테 져서 슬프지만…. 이제 더는 사람이 죽지 않을 거예요. 그렇죠?'

그리고 자리에 돌아와 앉았다. 그러자마자 철민이 말했다.

"오늘 수업 끝나고 본부 갈래? 전쟁놀이해야지. 명호도 없고 네가 반장이 됐으니까, 이제 우리 편이 더 많아질 거 같은데? 정표도 자꾸 이쪽 쳐다보면서 눈치를 보더라고."

"…."

나는 철민이를 빤히 쳐다보기만 했다. 그러자 철민이 한마디 더 했다.

"아, 맞아. 어제 본부에 가 보니까 누가 한쪽 기둥을 부숴 놨더라고. 그것부터 다시 세워야겠어."

하지만 나는 고개를 저었다. 그러자 철민이 뜨악한 표정을 지었다. 그런 녀석에게 나는 말했다.

"이제 전쟁놀이는 안 해. 그리고 본부는 내가 부쉈어."

"그게 정말이야?"

"응. 전쟁은 끝났어. 앞으로도 전쟁놀이는 안 해. 절대로!"

내 말에 철민이는 고개를 갸웃거렸다. 무슨 말을 꺼내야 할지 모른다는 듯 멍한 표정으로 한참이나 나를 쳐다보았다.

그때, 앞문이 열리면서 미술 선생님이 들어섰다. 나는 일어나 인사를 했다. 그러자마자 미술 선생님이 말했다.

"자, 오늘은 반공 포스터 그리기로 했지? 자, 스케치북 꺼내서 간단히 스케치부터 해 봐."

그러자마자 아이들이 스케치북을 꺼내 들고 연필로 무언가를 열심히 그려 나가기 시작했다.

한참 뒤에 보니, 옆에 앉은 철민이는 군홧발에 짓눌려 있는 사람을 그리고 스케치북 위에, '무찌르자 공산당!'이라고 썼다. 그리고 오른쪽 건너편에 앉은 준석이는, 도깨비 같은 얼굴을 그린 다음, '때려잡자 김일성'이라는 글자를 크게 그려 놓았다. 다른 아이들도 엇비슷했다.

나는 잠시 생각했다. 잘 떠오르지 않았다. 그러다가 꽤 시간이 지난 후에야 스케치북에 내 손바닥을 올려놓고 그대로 따라 그렸다. 그리고 스케치북 위쪽에는 '전쟁'이라고 크게 쓰고, 아래쪽에는 '멈춰'라고 썼다.

"야, 이게 뭐야?"

철민이가 낮은 목소리로 물었다. 하지만 나는 대답하지 않았다. 그냥 아까처럼, 입속으로 중얼거리기만 했다.

'아빠, 전쟁이 끝났대요. 그러니 아빠의 전쟁도 이제 끝내요. 그리고 미안해하지 말아요. 누가 또 싸운다고 해도, 우리는 싸우지 말아요.'

나는 지금이라도 달려가 아빠에게 그렇게 말하고 싶었다.

작가의 말

한국전쟁이 끝난 지 얼마 되지 않은 1960년, 베트남에서 전쟁이 일어났습니다. 우리와는 무관할 것 같은 전쟁이었지만, 우리나라 군인들도 많이 참전했습니다.

10년이 넘도록 이어진 전쟁은 1975년이 되어서야 끝났고, 전쟁 터에 나갔던 사람들은 비로소 집으로 돌아왔습니다.

그런데 아빠는 아직도 싸우고 있습니다. 가족의 품으로 돌아왔 지만, 아빠의 싸움은 아직 끝나지 않았습니다.

아빠는 처음엔 보이는 적과 싸웠습니다. 그리고 이겨서 우리의 자랑이 되었습니다. 전우를 지켰고, 조국의 이름을 빛냈으니까요. 하지만 그러다가 아빠는 보이지 않는 마음의 적과 또 싸워야 했습 니다. 그 때문에 폭탄이 터지고 총알이 빗발치는 전쟁터에서는 벗 어났지만, 싸움을 멈출 수가 없었지요. 오히려 더 아프게 싸워야 했습니다.

보이지 않는 적과의 싸움은 더더욱 고통스러울지 모릅니다. 가슴 깊이 난 상처 때문이겠지요. 이제 아빠는 그 상처를 치료하기 위해 어쩌면 더 긴 싸움을 해 나가야 합니다.

중요한 건, 그 아빠는 주인공 신우의 아빠만은 아니라는 것이에요. 우리의 아빠, 우리 할아버지일 수도 있습니다. 전쟁이 끝난 지는 오래되었지만, 그 흔적은 아직도 상처로 남아 있으니까요. 우리가 사는 들과 산에, 그리고 몸에, 가슴속 깊은 곳까지.

그리고 그 싸움은 아빠만의 싸움은 아닙니다. 우리 모두가 감당해야 하는 것이죠. 하지만 이제 함께 끝내기로 해요. 내가 아빠를 필요로 했듯이, 이제 아빠는 우리가 필요할 것입니다. 서먹했던 아빠의 손을 다시 잡아 보아요. 다시는 그런 싸움 같은 건 일어나지 않도록 말입니다.

아빠는 전쟁을 끝낼 수 있을까요? 그리고 신우의 전쟁(?)은 어찌 될까요?